S P R I N G

每一本好書都是一顆種子，
春天播種在你的心田夢土上。

Spring

S P R I N G

每一本好書都是一顆種子，
春天播種在你的心田夢土上。

Spring

S P R I N G

每一本好書都是一顆種子，
春天播種在你的心田夢土上。

Spring

妳在誰身邊，
都是我心底の缺

You hold a piece of me, no matter who you are with.

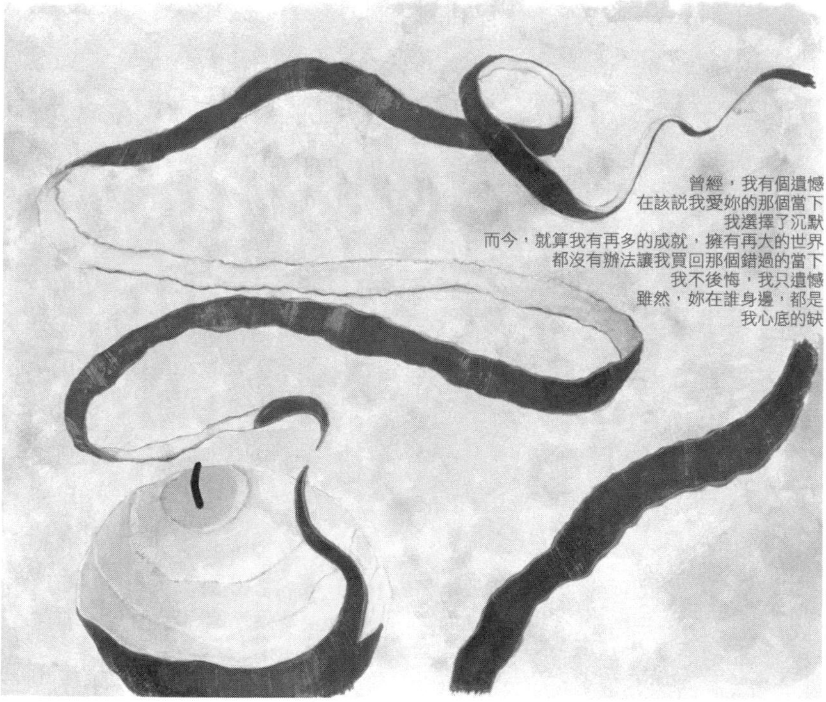

曾經，我有個遺憾
在該說我愛妳的那個當下
我選擇了沉默
而今，就算我有再多的成就，擁有再大的世界
都沒有辦法讓我買回那個錯過的當下
我不後悔，我只遺憾
雖然，妳在誰身邊，都是
我心底的缺

我的文字不值錢但珍貴，因為我放了感情在裡面

「我的文字不值錢但珍貴，因為我放了感情在裡面。」

在寫作最初我曾說過這麼一句話，而今六年時間過去，我發現關於這點我還是沒變。

寫作對我而言大概是這麼一回事：有些話我想說，有些人我思念，直接了當的告訴對方我想你，會赤裸的讓我吃不消；於是我會想個故事，把那些想說的話以及不再合適的思念放進故事裡，然後隨便對方看不看得到、理解不理解。

我想要的只是表達，而非被知道。

想表達的不是故事的本身，卻是故事裡的那些心情及話語，也於是我的故事其實很簡單也很一般，甚至往往一句話就能交代完全，更於是我的文字很輕也很重，因為寫作對我而言就是這麼一回事：有些話我想說，有些人我思念。

為它而存在的半年。

如果要我介紹《妳在誰身邊，都是我心底的缺》這本書的話，我會這麼看待它：為它而

存在的半年。

在開啟《妳在誰身邊，都是我心底的缺》之前，我寫完《對不起，忘了你》然後經歷長達半年的寫作低潮期，我不知道該怎麼辦，我覺得很無助，可是沒有人幫得上忙，連我自己也幫不上自己；在自我懷疑的痛苦裡，我慢慢醞釀出《妳在誰身邊，都是我心底的缺》這故事，以一種自己也很不習慣的緩慢速度，我醞釀，且修改，一改再改；然而，在寫完它之後，我整個人空掉，在完稿後幾乎有半個月的時間，還陷在低迷的失落裡，出不來。

《妳在誰身邊，都是我心底的缺》從開啟到完稿大約是半年的時間，在這半年裡的每一天，我都不認為自己能將它完成，這本小說我想把它寫得完美，可是連我自己也不曉得辦不辦得到，我於是沮喪，於是迷惘，於是掙扎，我終究堅持，以奇奇式的倔強，將它完成，盡我最大的努力。把想說的話、關心的事，全寫在書裡了，包括，這麼多年以來，弄也弄不懂的、什麼，盡可能的、我以自己所能理解的角度，寫它。

我的文字不值錢但珍貴，因為我放了感情在裡面。

六年的寫作時間過去，我的整個人變了很多，只是關於這點，還是沒變。

橘子

開場白&最終章

一首歌，一張喜帖，
四個人共同的回憶，

瓦
解

之一

『你是本質上永遠不會變的人，現在是這樣，十年後也還會是這樣。』

「哪可能呀，妳當我是不老魔人哦？」

『真的喲，可能十幾二十年後你換了幾份工作，結束幾段感情，頭髮逐漸變薄，腰圍逐漸變寬，在夜店從啤酒喝成威士忌，交通工具從YAMAHA變成TOYOTA……但本質上是永遠不會變的那種人。』

當我收到詩茵的喜帖時，首先想起的不是她的新郎長什麼模樣？*當年的我們*、她釋懷了沒有？卻是奇奇在多年前曾經對我說過的這句話——

本質上永遠不會變的人。

也對，如果不是我依舊住在這裡的話，詩茵的喜帖如何還能寄送到我的手上、在這麼多年不見的現在？

而我只是在想，如果我們本質上都是永遠不會變的人，那麼、妳呢？奇奇？

妳本質上是怎麼樣的人？

拿起手機，本來是想打個電話給詩茵恭喜她把自己嫁了出去，或許再試著玩笑的加句「終於」或者「那個衰蛋是誰？」；接著假裝若無其事的問道：奇奇也會出席婚禮嗎？妳們還有聯絡嗎？她後來過得好嗎？是的，我還是很想她，我……還是掛念她，一直一直就、還想她……

然而，當手機拿到了手上，我撥出的號碼結果卻還是大佬：

「我——」

連話都還沒來得及說，大佬就匆匆忙忙的打斷我：

『我現人在香港啦陳浩呆！回台灣再打給你，有個嚇死人的好消息要告訴你，等我哦～～哈！』

「幹！國際漫遊很貴溜！」

在大佬的笑聲裡我掛了電話，低頭我把玩著掌心裡沉默的手機，雖然覺得這個念頭很傻，不過不知道為什麼，卻還是想要這麼做看看：還是想要按下奇奇的號碼，或者應該說是，奇奇曾經使用過、後來終究還是捨棄了的號碼。

擁有我那麼多回憶的號碼。

撥號。

撥出這幾年來我每年總還是會習慣性撥出兩次的這過去的號碼時，我覺得有點奇怪的是，為什麼這次傳來的不是熟悉的機械式女聲、不帶感情的告訴我：您撥的號碼已暫停使用，請查明後再撥；才在心底失落著這過去的號碼終究還是換了新的擁有人時，手機被接通，而傳入我耳膜的，是來自於過去的聲音：

『嘿。』

過去的聲音，奇奇的聲音。

『你、好嗎？』

奇奇……

本質上永遠不會變的人。

『你是本質上永遠不會變的人，現在是這樣，十年後也還會是這樣。』

「哪可能呀，妳當我是不老魔人哦？」

『真的喲，可能十幾二十年後你換了幾份工作，結束幾段感情，頭髮逐漸變薄，腰圍逐漸變寬，在夜店從啤酒喝成威士忌，交通工具從YAMAHA變成TOYOTA……但本質上是永遠不會變的那種人。』

「這句話什麼意思呀？本質上永遠不會變的人？」

『就本質上永遠不會變的人呀。』

這話我想了想，結果還是搞不懂它到底什麼意思，於是我放棄，改口問：

「那妳呢？」

『我是屬於新陳代謝的那一邊。』

「啥？」

『新陳代謝。』

「新陳代謝？」

『嗯，新陳代謝。把舊的過去丟掉，然後用新的自己好好的重新開始。新陳代謝。』

「為什麼要把過去丟掉？」

『因為過去了就是過去啦。』

奇奇說，然後抽起她細細手指間的細細薄荷涼菸，還噴了我滿臉的煙，讓煙霧恰到好處的模糊了當下她的表情。

屬於過去的表情。

過去了就是過去了。

新陳代謝。

本質。

變。

妳，現在好嗎？

之二

交過心的人。

掛上陳富的電話之後，我腦子裡現出這五個大字——交過心的人而嘴角是微笑，一旁正在努力著把自己塞進婚紗的詩茵有點不解的望向我：

『我穿婚紗有那麼好笑嗎？』

「沒有啦，我只是突然想起一首歌，很好聽。」

『哪首？』

「陶喆和蔡依林的，今天你要嫁給我。」

『是呀，但每場每場的婚禮都播，還真是吃不消耶。』

「嘿！那張我們穿著紅外套的制服合照妳還留著嗎？」

『當然。』

「嗯。」

低頭我習慣性的凝望著並排在桌面上的手指頭，突然間有種好像真的回到過去的錯覺。

過去，三個人的過去，那段青澀、自私、隱瞞、笨拙，卻純粹的年歲。

交過心的人。

『欸，妳為什麼總是喜歡這樣看著自己的手呀？』

「我這是在看老娘的未來。」

『啥？』

「看清楚了、陳富，這可是一雙會改變未來領導流行的了不起的手哦。」

『哈，最好是啦。』

「本來就是，現在你眼前的這雙手，將來可是會畫出讓全世界女人都瘋狂的鞋子，差不多是會被比喻為東方COCO CHANEL的那種程度。」

『哦。』

「你不信？那要不要打個賭？」

交過心的人。

在切斷了所有和過去的聯繫之後，我成立了自己的設計公司，手裡握有歐美市場一半以上的流行女鞋訂單，平均七個紐約女子就有一個腳上踩著我設計的鞋子，每個月固定會推掉幾個時尚雜誌的採訪；再也不是當年那個領著寒酸薪水、每天卻得工作十四個小時，為了買ＬＶ包包、還得餓上三個月肚子的小設計助理了。

得到了，卻不再快樂了；因為我得到了未來，卻失去了過去，而至於現在……我儘量不去思考我喜不喜歡我的現在。

我的人生一步一步的往我想要的方向走去，直到高峰，我的物質生活一點一滴的達到飽和，甚至奢華，但內心，卻空了。

每天我醒在飯店的VIP套房裡，大大的床上自從住進之後就一直只有我自己的體溫，鼻腔裡嗅著純白色床單過度清潔的氣味時，總是會打從心底對自己感到陌生；這個進出有司機接送，生活仰賴飯店管理，工作需要三個助理，被員工敬畏、被客戶需要、被商家尊寵、卻不被自己真心喜歡的、自己。

每每看著身邊這些幾乎日夜相處的工作夥伴們，我總懷疑我們是否真的認識？

她們深知我的生活作息我的工作流程我的客戶名單我喝咖啡一定要先熱杯子甚至是我的起床氣，她們知道每天下午三點整我會抽離工作獨自到公司樓下的Starbucks裡度過三十分鐘的自己的時間，誰也不准打擾、什麼事也不思考，就是安靜的喝杯黑咖啡，並且專心的凝望著我的雙手，然後在心底默默的問自己：這個人真的是我嗎？這一切的努力都是為了什麼？

我的這個人、她們真的認識嗎？我真的快樂嗎？當我們走出這間辦公室之後，我們真的還認識彼此嗎？

終於在那天，當我結束三十分鐘的DND（Do Not Disturb）時間正準備回到現實的自己時，腳步卻被店裡播放的歌聲所拉扯住，蔡依林當時的新歌〈酸甜〉筆直的穿透我的耳膜，接著在一首歌的觸動裡，我突然感覺到這個我的身體裡有個什麼瓦解了、崩壞了。

多年來的麻木、逃避、假裝……當我打開眼前這張白色信紙時，全都瓦解了、崩壞了。

那一天　扣著指尖　不問什麼　我就相信　我們會永遠
那一年　沒有宣言　但抱著你　我曾擁抱全世界

哭過了笑過了的瞬間　愛只是暫借來的時間
堅持過諒解過卻瓦解　混合著心酸　點點
還有　陽光的溫暖　愛一個人的酸甜……

（作詞：李焯雄　作曲：薛忠銘）

在一首歌的停滯裡，我跟自己承認：是的，我懷念過去。
我於是做了個瘋狂的決定：放空。
或者應該說是：永久的離開。
離開現在，找回過去；儘管，早就回不去了。

我最想要的過去，回不去。

把工作交代妥當，我隻身回到台灣，重新聯絡上了詩茵，儘管我真正第一個想見的人是陳富，但是我害怕，害怕他改變，變得不再是我回憶裡的陳富……

害怕。

猶豫。

遲疑。

然而，當我看見詩茵身邊那個依稀有陳浩影子的未婚夫時，我突然很想要回當初那個我捨棄了的電話號碼，那個擁有我們那麼多回憶的電話號碼……

『欸，妳為什麼總是喜歡這樣看著自己的手呀？』

「我這是在看老娘的未來。」

『啥？』

「看清楚了、陳富，這可是一雙會改變未來領導流行的了不起的手哦。」

『哈，最好是啦。』

「本來就是，現在你眼前的這雙手，將來可是會畫出讓全世界女人都瘋狂的鞋子，差不多是會被比喻為東方COCO CHANEL的那種程度。」

『哦。』

「你不信?那要不要打個賭?」

『算了啦，我相信妳，嘿!妳可是奇奇耶!』

「少來這一套，怎麼?你不相信我辦得到?」

『哪敢!只是……知道我要的賭注妳輸不起。』

「哦?說來聽聽。」

『如果我贏的話，我想要妳的永遠。』

「……」

寬寬的嘴角漾著的不是我熟悉的痞痞壞壞微笑、卻是認真，直視著前方，陳富認真的說:

『我賭妳會得到妳要的人生。』

第一章

一個人的倔強是倔強
兩個人的倔強是結束
儘管，愛還在

之一

『你叫陳浩？』

開學第一天，放學後我做的第一件事情就是趕緊衝進漫畫店裡借漫畫，然而，當我才走出店門口時就聽見迎面有人喊住我的名字，抬頭我看見兩個穿著紅外套、揹著紅書包的吊兒郎當的學長，我很確定我們並不認識，我有點杜爛在開學第一天就遇到壞學生來找碴。

不良學生，站在我眼前的這兩個吊兒郎當的學長。

左邊喊住我的那個高個兒嘴裡叼著香菸，而嘴角漾著魅力的笑意，高個兒的右手慵懶的擱在身邊一個看起來很台的瞇瞇眼學長肩上，而細長的眼睛則是瞇起直視著我制服左胸位置上新繡上的名字。

原來如此，難怪他知道我名字；下意識的用漫畫擋住左胸，我有點忐忑不安的問：

「我們……呃……認識嗎？」

『就要認識了。』

高個兒學長笑著說，左手靈巧的把菸彈熄、讓菸蒂在空中劃出一道漂亮的拋物線，接著他搶過我剛租到的才出爐的心愛的漫畫，很有意思似的低頭研究著：

『對味！名字我喜歡，漫畫也合胃口——』

『喂大佬！你這樣會嚇到菜鳥學弟啦！瞧他嫩的咧！啊哈哈～～』

右手邊瘦瘦小小的台客模樣的學長打斷他、說，接著這兩個人好似才說了什麼天大的了不起的可以得諾貝爾獎的笑話似的，抱著肚子誇張的笑了起來。

不良學生。

果真是個流氓學校，我不該鐵齒硬是要唸的；在心底我嘆了口氣，接著掏出口袋裡僅有的一百塊錢鈔票出來，只想快點把這件事情處理掉、然後回家看我心愛的漫畫。

「我只有一百塊，我不會跟訓導處打小報告，可是漫畫可以還給我嗎？因為這集我等了很久才終於借到的。」

但沒想到這句話讓這兩個不良學長聽得更是笑到差點下巴沒歪掉。

『你以為——啊哈哈～～笑死我！大佬你看他啦！嫩雞一個嘛！哈～～』

「阿台夠了啦！再笑下去他都要哭了啦。」把右手搭在我肩膀上，高個兒學長用一種好像我們早已經認識八百年了的哥兒們口吻，說：『你這小子我喜歡！走！學長請喝茶！』

「可是——」

『好狗運呀你這嫩雞！我們大佬賞識你哦！啊哈哈～～』

「……」

這就是我和大佬還有阿台認識的經過，在開學的第一個放學午后，漫畫店前，只因為一個名字，還有一本漫畫；沒頭沒腦，莫名其妙；我不知道大佬幹什麼獨獨挑上我這個在當時看來笨到幾乎呆的學弟當哥兒們，我只知道在那個淡到幾乎無聊的放學午后，卻是我人生真正甦醒的開始。

而那天的太陽，很刺眼。

在那個沒頭沒腦、莫名其妙的放學午后，大佬還有阿台帶著我到學校附近一個隱密的巷子裡喝茶，是那種到處都有的平凡喫茶店，坐在到處都有的木頭四方桌椅上，喝著到處都有的冰透百香紅茶，唯一比較特別的是，店裡播放的音樂是當時已經不太流行了的流行歌曲〈我和我追逐的夢〉Repeat到底，一遍又一遍的幾乎煩死人。

在劉德華的歌聲裡，大佬把玩著我心愛的剛借到的本來正想衝回家看個過癮而此時卻在他老子手上的漫畫，用一種找話聊似的口吻，他問：

『你喜歡看漫畫？』

「嗯呀。」

『也喜歡畫漫畫？』

「嗯呀。」

『這就是你來考復興美工的原因？』

『復興商工啦。』

『閉嘴啦、阿台。』

「呃……嗯呀。」

『你除了嗯呀之外會不會說點別的呀？』

「嗯——呃……」

『好了好了，』巴了一下我的頭之後，大佬點燃一根香菸，再度瞇起他那雙尊貴的細長眼，好像要確認什麼似的、問：『告訴我，你身上真的只有一百塊？』

「嗯——對、對呀。」

然後他們又爆笑了起來：

『笨死了你這嫩雞！』

『你白痴哦！下次如果真的遇到被勒索的話，不用真的把全部的錢掏出來啦！哈！』

「……」

巴了一下阿台的頭、示意他閉上嘴巴別再笑了之後，大佬清了清喉嚨：

『明天把你畫的漫畫帶來給我瞄瞄。』

「呃——」

『隨便找個人報上大佬名字就會告訴你、我們教室在哪啦！』

於是我才知道，原來這兩個看似不良的學長其實只是無聊剛好晃到漫畫店於是看見我，而我之所以被大佬物色到的原因其實只是因我的名字叫陳浩而他叫陳富，或許還有那麼部份的原因是：從小就是獨生子的大佬，一直很想要有個弟弟，尤其是不像他那麼聰明的那種，例如說我。

『如果我有個親弟弟的話，我會希望他就是你這呆樣。』

有一次，大佬這麼對我說過。

大佬和阿台（因為整個人穿著打扮談吐行為台到一個不行，所以大夥都學大佬直接叫他作阿台）是當時學校裡的風雲學長（甚至阿台還是他們班上唯一沒被和連戰同姓的那個老師從窗外丟過作品的天才），穿著打扮不良、感情紀錄不良、思考行為不良的不良二人組，卻突兀的物色上我這個國中剛畢業的青澀笨拙的學弟當起哥兒們來，還紮紮實實的罩了我整兩年，甚至在他們升高三那年的暑假還正正經經的弄起工作室，包含我們所有復興回憶的工作室。

工作室。

工作室的前身是大佬位於家裡整層樓的地下室空間，身為獨子的大佬獨自擁有這三房兩廳以及在當年就首先乾溼分離的超大浴室、還有本來應該是車庫結果卻擺了個撞球檯的撞球間，工作室不分日夜的總是開著過強的冷氣以及揮之不去的菸味；工作室在還沒有變成工作室之前是我們一夥人下課後老賴著廝混打牌、喝啤酒、看漫畫、打撞球的場所；所謂的『我們』人數不一定、關係不一定，有些人三不五時就跑來賴上一整夜，有些人久久才會過來露臉一次，而更多的人則不曉得到底是誰的朋友的朋友;工作室的人來來去去、新舊交替,但大抵的固定班底還是以大佬為首,加上阿台還有我,以及一對吵吵鬧鬧的分分合合的總是熱衷在撞球間裡開發性體驗而且還不關門的情侶檔學長姐——沙大和沙嫂。

工作室。

工作室之所以變成工作室,是因為大佬升高三那年的暑假,他老子突然一個念頭興起,說了一句:「我決定了!啤酒的年代結束了!」接著他老子口述於阿台、要他畫了張室內設計圖,然後請大佬的室內設計師爸爸把原來的格局改裝成兩個擺有Mac以及高級音響還有幾張沙發床的工作間,客廳巧妙的擺設成有點正式又非正式的會客室,廚房加了L形的專業吧台還有幾只設計感強烈的高腳椅,依舊維持不變的是撞球間還有非請勿入的大佬的日式臥房、他的私人空間。

大佬花了整個暑假的時間把他一層樓的空間改裝成他心愛的工作室,完工之後便妥善運用他老爸的人脈以略低於專業的行情價碼接案子,然後再以略高於學生的行情把案子轉發給工作室裡的同學們,就這麼有模有樣的賺起其中合理的價差、當起工作室的老闆來。

工作室。

大佬的工作室在我們那年代的復興美工具有某種檯面下的身份表徵:彷彿能夠進出它、就等於擁有身份認同的工作室,而這樣的一間神祕工作室,竟是出自於從來不交作業的大佬之手。

大佬在復興美工的整三年從來沒有親手交出過任何一篇作品，卻在他高三那年暑假就紮紮實實的當起老闆來，而實際上大佬確實是比同齡的學長們早熟沒錯；大佬對運動沒有興趣，卻在高中時就長了一八〇的身材，宛如運動員般的高大身材、寬厚肩膀、深邃眼睛、型男平頭、寬寬嘴巴、嘴角總是漾著一抹壞壞的笑，以及家裡雖然離復興美工只有五分鐘的腳程、卻仍然每天開車上下課……這些加總起來就是迷倒所有女孩的全部了。

而實際上大佬也果真沒浪費任何一個迷上他的女孩。

所以我才更搞不懂，這樣一個萬人迷的風雲學長，為什麼卻獨獨挑上我這樣一個平凡到幾乎呆的學弟當哥兒們，甚至無視於我在設計方面的才能缺乏而熱情邀請我加入工作室（嘗試過兩個案子之後，大佬不得不承認這是個錯誤的決定，於是要我改為幫他跑案子當AE），也是因此，我才得以有機會遇見大佬口中的『她』，而非『她們』。

她，傳說中的大佬的正牌女友，奇奇學姐。

這樣的一個大佬，成為奇奇學姐的男朋友，我不知道對她而言是幸還不幸。

奇奇學姐。

彷彿是一張明信片的畫面似的，當我無意撞見大佬和奇奇在工作室的日式臥室那幕。

那天我終於成功跑到進工作室以來的第一筆案子，開開心心的來到地下室，然而、當我打開地下室的大門時，裡頭奇蹟似的空無一人，就是異常的連吵死人的音樂也沒有，只唯獨大佬聲稱誰都禁止進入的日式臥房透出燈光來，而且門還沒關；站在黑暗之中，我看見日式臥房裡，人高馬大的大佬背對著我、橫躺在奇奇學姐的腿上，像個溫馴的大寵物、也像個正在撒著嬌的小男孩，而奇奇學姐低垂著頭，溫柔的替大佬掏耳朵。

雖然看不見表情，但你就是看得出來、他們打從心底幸福。

寧靜的畫面，明信片似的畫面，而我想，如果給這張明信片一張名字的話，它應該叫作愛情。

愛情明信片被我笨拙的腳步聲打擾，當我的腳不小心踢到桌子發出聲音時，奇奇學姐抬起頭，筆直的凝望著我，我們四目交接，不知道為什麼，我當下只有一個念頭——逃！

那是我第一次也是最後一次在工作室裡遇見奇奇學姐。

幾天之後，大佬把我找到工作室裡，他一個人坐在廚房的吧台上，右手撐著身體、左手拿起一瓶又一瓶的啤酒往嘴裡灌；大佬什麼話也不說，彷彿只是專程把我叫去看他老子喝酒似的。

彷佛是過了一整晚那麼久的時間之後，大佬終於喝夠了似的、抬起他尊貴的細長眼瞪著我，細長眼裡佈滿的是因熬夜以及酒精而充血的血絲，透過眼底的血絲，大佬問我：

「你信不信我有真心？」

「吭？」

「我問你！你信不信我有真心！」

「呃……信呀。」

「很好！我就知道沒看錯人！」

「大佬……你怎麼了？」

「愛不是要求對方為你改變！知道了嗎！」

「大佬……」

「永遠別奢望對方為妳改變！我說的是永遠！」

那是大佬在那夜的混亂裡說的最後一句話。

那也是我第一次以及最後一次看見大佬正正經經的表情。

當我又開始看見大佬帶著不同的女孩子回工作室摟摟抱抱親親熱熱、卻又堅決不肯讓任何人踏進日式臥室、甚至看它一眼時，我才明白原來那夜大佬往嘴裡灌的、或許不是酒，而是仍愛著卻又不得不失去的苦。

明知會走到這一步、卻執迷不悟的苦。

往後大佬總是嘻皮笑臉的告訴我，他老子又失戀了哭溼了幾個枕頭套，嘻皮笑臉的說、不帶一絲真心的那種；而我只是在想：是不是每次那樣子的大佬、其實只是在懷念那晚真心為失去而痛苦的自己？

之二

沒想到和陳富分手之後，我最懷念的竟是他的手。

大而厚實的手，陳富的手，不肯安份的手，終究不是我該握上的手。

那手在初見面時便在空中向我伸展，而地點是攝影社的教室。

『奇奇？哇靠！超屌的名字啦！我可以認識妳嗎？』

望著這一年級生伸出在空中的大手，我只花了一分鐘不到的時間，就讓這手的主人明白到我這個人很不好相處。

我起身離開，裝作沒看見也沒聽見，存心故意要這吊兒郎當的手在空氣中僵住、尷尬住。

然而，沒想到當我才踏出攝影社時，這手竟追了上來，這手插在口袋裡，這手的主人吊兒郎當的說：

『哇塞，學姐妳好厲害哦，連背影都可以看起來這麼不爽。』

「你白痴哦。」

『哦……妳看起來很高，但其實並沒有嘛。』

「怎麼不說是你長太高了。」

我在心裡這麼咕噥著，但嘴裡還是不發一語，和陌生人說話並不是我的習慣，而實際上我的習慣是不和任何人說話。

我於是只是轉過頭，瞪他。

而這小子依舊是不當一回事的嘻皮笑臉著：

『所以，學姐也是攝影社的嗎？那好，我就加入這個了。』

隨便！反正我已經退出社團了，笨菜鳥！三年級有多忙你根本就不會曉得——

才在心裡囉嗦這一堆時，沒想到這小子竟無恥的再次伸出手，而這次他不是要同我握手、卻是直接把手張開罩住我的頭。

『原來如此，我媽說後腦勺圓的人脾氣通常都不好耶！』

「你白痴哦！」

拍開他的手，本來是想摑他一巴掌的，但不知怎麼搞的、結果我卻是氣得笑了出來。

那是我們的手第一次的接觸，也是第一次我發現到他有一雙魅力的細長眼。

太魅力的細長眼。

『嘿！笑了吧！那可以NG重來了。』

「什麼鬼？」

『NG重來呀？妳不知道哦？』清了清喉嚨，他有模有樣的重複了一次：『奇奇？哇靠！超屌的名字啦！我可以認識妳嗎？』

「白痴。」

『嘿！學姐，我的名字叫陳富不叫白痴。』

「隨便。」

『學姐知道附近有什麼茶店嗎？這次搭訕有點久、所以搞得我好渴，因為是妳害的、所以讓學弟請妳喝杯茶如何？』

「我沒空跟個國中剛畢業的白痴喝茶。」

然後我就走了，然後他的聲音從背後穿入我的耳膜：

『我——叫——陳——富！』

也穿入我的生命，在復興美工的最後這一年。

這白痴開始在每天放學後跑到我的教室等我下課，也不管我不理他、就這麼自顧著跟在我身後走著；有時候他是好奇幹嘛我總是一個人獨來獨往？是不是因為太兇所以沒有人敢跟我做朋友？而通常我都懶得理他、放他一個人對著空氣自問然後自答，而更多的時候，他倒是不當一回事的索性就自己對著名字叫作奇奇的空氣聊起來。

我真的很佩服他的無恥。

『學姐妳有被那個姓連的教到嗎？』

連老師？

『真的很鳥耶、那個姓連的！居然敢丟老子的作業，他以為他誰呀？』

菜鳥就是菜鳥，連老師本來就是丟學生的作業出了名的。

『……我就告訴我自己，好呀！今天老子肯交作業你還不懂得珍惜它反而還丟它，那就這麼辦好了！你丟出去的那張畫也會是老子在這裡交出的最後一張！』

幼稚的賭氣鬼，會被連老師丟作業本來就是很正常的事，自尊心這麼強、幹嘛還來學設計！

『……我們班班代有夠台的啦！不過人倒是很義氣，我才說了一句白毛實在很欠揍，結果今天午休時他就在後面揍白毛……』

白毛？流浪狗嗎？

『結果白毛居然哭著抱阿台的大腿說：不要揍我啦！我們來當好朋友！哈！笑死我！結果阿台聽了更火就揍得更狠！我們看得都快笑死了。』

白痴。

『妳知道上星期學校鬧很大那件事嗎？有人被丟到廁所脫得精光海扁一頓，那個人就是白毛，真的是、沒看過這麼惹人厭的傢伙……』

白痴。

『嘿！學姐，你們復興美工的人都這麼野蠻嗎？』

「什麼我們復興美工？你自己不也是讀復興美工？」

『哇！成功了！苦纏第八天，妳終於開口跟我說話了，Yes！』

「你白痴哦。」

『學姐妳有男朋友嗎？』

「學姐沒空交男朋友。」

『事業做這麼大哦？』

「干你屁事。」

陳富突然握住我的手，趕在我甩開之前，他快快說道：

『請問學姐，我又高又帥又有錢，為什麼交不到女朋友？』

「放手啦自戀鬼！」

『我哪裡自戀了，我只是很平靜的表達我的疑問而已。』

「說自己又高又帥又有錢，這還不自戀？」

『我本來就又高又帥又有錢，幹嘛要假裝自己不知道這件事？』

『隨便啦！你再不放手小心我揍你！』

「要揍儘管揍，反正我不放手。」

我瞪他。

『好啦好啦我怕妳，這麼兇、難怪沒人敢跟妳做朋友。』

「干你屁事！」

『呵！所以咧？妳看為什麼我交不到女朋友？』

「干我屁事。」

『當然干學姐屁事呀！因為呢、如果我交到女朋友了的話，就不會再每天這樣煩妳了。』

「謊話連篇。」

『唔？聽起來好像妳很捨不得我不煩妳哦？』

「屁咧！」

『妳臉紅了。』

「你很煩耶！這麼閒幹嘛不去找那些每天下課一起打情罵俏的學妹呀！」

『哦～哦～被我套出話了！妳下課後明明就有在偷偷注意我。』

「你白痴哦！」

甩開他的手，我連忙轉向前走，因為不想他再看見我此刻的臉紅。

『學姐！妳知不知道我做過最瘋狂的事情是什麼？』

「走開啦！」

『猜對了！是把一個不理我的老叫我白痴的學姐當街攔腰抱走。』

「你敢！」

『妳猜我敢不敢？』

「你到底想怎樣？」

『想要妳當我的女朋友。』

「……」

『嘿！附近有一家茶店很搞笑，從開店到關店都只放劉德華〈我和我追逐的夢〉，陪我去喝會冰透了的百香紅茶，然後我就答應不綁架妳。』

「……」

『還是說妳其實很想被我當街攔腰抱走？』

「……」

『拜託啦！我陳某人這輩子厚臉皮的配額已經快被妳用完了耶。』

然後我忍不住還是笑了：

「你們復興美工的人都這麼野蠻嗎？」

然後他寬寬的薄嘴唇在我面前笑開來，笑開來；凝望著那笑，我知道，我瓦解了；瓦解在那笑容裡，瓦解在愛情裡。

瓦解。

愛。

愛情的美好在畢業之後隨著我選擇離開台北工作而走向挑戰，而我們，並沒有贏得這場名曰距離的測試；距離稀釋了愛情的濃度，而那雙不安定的手，則終結這場名曰距離的愛情。

——妳這週末又要加班？

——沒辦法呀，開發季嘛。

——那好呀，妳不回台北的話，我就找別的女生約會了。

——你知道我不喜歡你開這種玩笑。

——如果妳下週末再不回來的話，這就不是開玩笑了。

——只有在你身邊的時候，你才肯安份嗎？

——對！

我們都要求對方改變，我們都等待對方改變，只是我們都不肯為對方改變。

——傷害我很好玩嗎？

——原來妳在乎哦？

——如果你只是想要我的在乎，不用那麼浪費力氣劈腿！

——我跟她又沒真的怎樣。

——我早就告訴過你了，你再招惹那些學妹一次，我們就分手。
——從一開始妳就知道我是這樣子的人了！
——我以為你改變了。
——誰叫妳要離開台北！
——我不像你家裡有錢，很抱歉，我得賺錢養活自己。
——那妳還是可以留在台北呀。
——那家公司的薪水比較高！
——妳只是不夠愛我而已，我還不夠讓妳愛到為了我留在台北！
——不用浪費力氣找藉口了、陳富，就算我留在台北，你還是不會安份的。
——連試也不試，妳就知道？

望著這個我生命中最初的男人，我看見我們的孤獨。

被愛，卻孤獨。

——你永遠不會改變自己的、陳富，我說的是永遠。
——永遠是什麼？

——永遠是你到不了的地方。

——妳的要求太高了，奇奇，不管是對別人、或者對妳自己；永遠沒有人能達到妳的要求，包括妳自己。

那是在我們最後一次的見面裡，陳富說的最後一句話。

而那次，陳富不再握上我的手，凝望著陳富眼底的倔強，我知道，走完了，這愛情路，我們走完了。

在那家我們叫它作〈我和我追逐的夢〉的茶店裡，在我們第一次約會的兩年之後，我們的愛情，在一次又一次的爭吵裡撕裂，撕裂，撕裂，終至磨損殆盡。

在最後一次的見面裡，我凝望著那雙曾經溫暖過我的手，而最後卻只是環抱在他自己胸前，那是第一次，陳富在我面前沉默。

而我只是在想：如果當時陳富握上了我的手，用他一貫的嘻皮笑臉、再一次的發誓這絕對是最後一次，那麼、一切是不是就會不一樣了？

我想我知道答案。

本質上永遠不會變的人，就算改變，也不會永遠的。

而我只是在想：為什麼明明還被愛著，可是卻孤獨？

孤獨。

和陳富分手的那年，剛好蔡依林發行她的第一張專輯，每天下班之後，我把自己關在五坪大的房間裡，一次又一次的聽著〈The Rose〉這首歌曲，然後淚流，我知道好像很多人都對這個小女生感到討厭，但我想那不關我的事，我只知道這首歌很好聽。

我知道這麼做只會讓自己更加難過，可是我沒有辦法，連抬手將它關掉的力氣都失去。

When the night has been too lonely,
And the road has been too long.
And you think that love is only,
For the lucky and the strong.

而當我終於解除Repeat鍵時，是因為家裡傳來父親上吊自殺的消息，父親走後只留下他生前大量的、賣不出去的畫作，還有負債，還有母親的離開，還有……

還有我長久累積終至引發的憂鬱症。

那是我人生中最難熬的一年，而我最愛的男人，並不在我身邊。

第二章

愛情來了，愛情走了
被留下的我們
還剩下些什麼？

之一

『都高三了還沒交女朋友，浩呆你該不會是死屁精吧？』

每當大佬不在工作室的時候，沙大就喜歡這麼虧我。

沙大是熱愛使用工作室裡撞球間開發性體驗的那對情侶檔學長，也是大佬不在時、就會跳出來決策的領導型人物；不過自從有次沙大偷偷把工作室裡一個學妹帶進去使用撞球間、還該死的被大嫂撞見、因而搞得工作室雞飛狗跳之後，大佬就嚴格禁止沙大再進撞球間一步了（不過倒是因此間接讓沙大開發出野戰的樂趣）。

『人家都跟你那麼久了，適可而止一點比較好。』

當時大佬只跟沙大說了這兩句話，當大佬好不容易把發誓再也不踏進工作室的大嫂安撫下來之後。

我可以理解為什麼沙大在升大學之後卻還是愛往工作室裡窩，但我無法理解為什麼沙大有了大嫂那麼辣的女朋友了還是想偷吃；我可以理解沙大為什麼那麼混帳、但大佬還是願意把他當哥兒們，但我無法理解沙大幹什麼那麼關心我不交女朋友的事。

『你其實長得不賴呀浩呆，是不想交女朋友還是交不到女朋友？』

「我哪知。」

『大佬不是過了很多妹給你?都沒有對眼的哦?』

「沒有呀。」

『那個沒事就來找你的劉海妹咧?我看她滿純的。』

「詩茵?我們只是普通朋友啦。」

『普通朋友個屁啦!我看她明明哈你哈得要命!』

「不要亂講啦。」

『我看她應該還是處女吧?』

「你想幹嘛?」

『幫她個忙呀,我還沒上過處女耶。』

「……」

『你應該也還在室吧?』

「……」

『要幫你個忙嗎?』

「吭?」

『等一下你大嫂會過來,』沙大賊賊的笑著,然後眼神撇了撇撞球間:『你的話她應該會放心一點。』

「喂！」

『哈～～你想到哪去啦？』學著大佬把手搭在我的肩上，沙大湊近我耳朵，悄聲說道：『我的意思是3P啦！怎麼樣？不賴吧？』

甩開沙大的手，才想乾脆走掉時，沙大卻又把我拉住：

『別那麼古板嘛浩呆！我好不容易才說服你大嫂耶！可是怎麼辦呢？找不到信賴的人可以一起嘛！反正你也沒經驗，正好我們教教你嘛！你應該連女人的屁股都沒看過吧？正好、你大嫂的屁股很正哦！』

「沙大！」

『少假惺惺了浩呆！哪個男人不好色呀？』

我感到既憤怒又受傷，憤怒的是沙大對於性的隨便，受傷的是對性不隨便的我沒有性經驗，而這、原來令人看輕。

原來沒有談過戀愛，是件該要悲哀的事。

『哎喲！生氣啦？好啦好啦，如果生氣的話，就當我剛剛開了一個難笑的玩笑好了，不過你想當真的話、現在還是來得及。』

「……」

『嘖！掃興！真是一個悶，吼～～沙大我、真的是超級想3P的啦！』
「你可以問大佬呀。」
『你說什麼！』
突然收起了不正經的表情，沙大陰沉的怒視著我；我隱約感覺到他們之間好像有個什麼只有彼此心知肚明的祕密，可是我不知道這是不是個我能過問的祕密，於是我的選擇是沉默。
『浩呆！你學妹在外面——咦？』阿台從樓梯探下頭來，打斷了我和沙大之間莫名其妙的僵；『原來你在這裡哦？大嫂在找你耶。』
『哦，知道了。』
『你們今天搞什麼呀？大嫂今天怎麼穿著護士服？』
曖昧的笑了笑，沙大得意洋洋的說：『角色扮演啦。』
『色胚。』
『哈！走啦，掰。』
拍了拍我的肩膀，沙大越過阿台，吹著口哨離開。
我覺得沙大好像在對我示威。

『你們剛在聊什麼？氣氛怪怪的。』

「沒有啦。」

『沒有才怪咧！你這小子表情全寫在臉上了。』

想了想，雖然覺得不太會是從我嘴巴裡說出的，不過不知道為什麼，我還是很想要問問阿台：

「那個……你有那個過嗎？」

『那個？做愛哦？當然嘛有！你老哥我早就被用過啦！攝影社那個海咪咪你記得吧？』興沖沖的坐在我身邊，阿台亮著眼睛問：『你和劉海妹等一下是要去那個哦？終於哦？』

「沒有啦，不要亂講。」

『好好表現哦浩呆！不要丟我們工作室的臉！啊哈哈～～』

把阿台的笑聲丟在後，我爬上樓梯，離開。

然而，在那個不愉快的晚上，我和詩茵並沒有如他們（或許包括我自己也不一定）以為的、單純的從學長學妹進一步發生關係，倒是破天荒的去了夜店。

夜店。

坦白說，當詩茵告訴我她晚上要去夜店喝酒時，我只覺得她在搞笑，因為夜店這個字眼實在很不適合從她那樣一張純樸的臉孔說出來，麥當勞或永和豆漿搞不好還合適點——當然，我自己也沒什麼立場取笑她就是了。

『沒有啦！因為我學姐剛好突然打電話給我，說她今天晚上很想去夜店來個告別憂鬱Party想要找我陪，所以才想說順便問你要不要一起去，因為我也沒去過夜店、感覺有點怕怕的，所以——』

在詩茵一連串的叨絮，我對告別憂鬱Party這個名詞特別有感覺，於是打斷了詩茵的囉囉嗦嗦，我好奇的問：

「告別憂鬱Party？那是什麼？」

『沒有啦，只是個Title而已，』詩茵眼神閃礫了一下，『怎麼樣嘛？你要不要陪人家去？』

「幹嘛要找我？我又不認識妳學姐。」

『人家就是……吼～我不知道怎麼說啦。』

——那個沒事就來找你的劉海妹咧？

——少假惺惺了浩呆！哪個男人不好色呀？

「約我喝酒……妳該不會是想把我灌醉了然後那個吧？」

『才不是咧！只是想要你當司機載我們而已啦！想太多……』羞紅了臉，詩茵自己也意識到這個說法很沒說服力，於是她情急的扯了一個更沒說服力的說法：『反正你可以跟大佬借車嘛。』

「那妳直接約大佬不就好了？」

『我又不認識他。』

詩茵習慣性的用手指頭搓著她的厚劉海，表情是一副快要哭出來了的樣子；每當詩茵開始搓著她的厚劉海時，我就知道再逗下去、她肯定是會哭了。

「好啦好啦，我打個電話問大佬。」

當我打電話問大佬借車時，他的聲音聽起來不太好的樣子，而且背景音樂是〈我和我追逐的夢〉，才奇怪大佬不是已經不去我和我追逐的夢了嗎？大佬就煩躁的打斷我的疑問：

『嘿、浩呆！我今天做了一件可能會讓自己後悔一輩子的事情，因為想要忘記，所以你幫我記住。』

「好呀，什麼事？」

『說了你也不懂，總之，你幫我記得有這麼一件事就好了。』

「因為想忘記、所以要我幫你記住的事？」

『嗯。』

「嗯。」

接著在當天晚上，我走入奇奇的世界，而當時我並不知道，眼前的這個女孩就是奇奇。

告別憂鬱Party。

所謂的告別憂鬱Party正如詩茵所說的，只是一個Title而已，而地點是一家有Live演唱的夜店，約莫七、八個左右的人數佔據了其中的一個包廂，而所謂的包廂說穿了也只是用白色薄紗區隔出來的沙發區，沙發區的中心位置坐了一個抽著菸的酷女生，當我第一眼看到她的時候，直覺聯想到的是日本漫畫NANA裡的搖滾NANA：削著露出優美頸肩線條的直短髮，小小的臉上用搖滾味極重的黑色眼線圈出她的大眼睛，小巧的鼻子還有翹翹的嘴角透露出她難以親近的氣質，以及、強烈卻哀傷的瘦，瘦得令人不安。

『妳男朋友？』

而這是她開口的第一句話，眼神望著的人是詩茵，迷離的眼神，眼神裡沒有我的存在，或者可以說是、什麼也不存在。

『不是啦，是我之前提過的學長。』

『復興美工？』

「欸。」

接著我的臉才終於映入她的視線裡。

『你叫什麼名字？』

「陳浩。」

我有點緊張的回答，而她的反應是沉默。

在一根菸的沉默之後，她將菸捻熄，然後把臉轉開，整個晚上都不再開口說一句話。

告別憂鬱Party。

結果整個晚上告別憂鬱Party的女主角連一句話也沒打算說，就是專心著沉默，除了拿起酒杯喝酒之外，就是低頭專注的研究著她並排在桌面上的雙手，彷佛那雙手有什麼祕密要告訴她似的；而身邊的人倒也像是習慣了似的不打擾她、也不被她的沉默打擾，只是關於這點我是覺得很不可思議的，因為在我們工作室裡，沉默是不被允許的存在。

我們都有冷場恐懼症。

於是身為工作室一份子的我，自覺有義務解開這個沉默，把杯子裡的啤酒一鼓作氣喝乾之後，我才得已鼓起勇氣試著向她攀談：

「對了，妳知道什麼是國王遊戲嗎？」

她望著我，她不理我。

「我們工作室很熱愛這個遊戲，簡直是玩不膩耶。」

還是不理我。

「就是呀每個人會先抽個號碼牌，然後呢贏的人當國王，當國王的人呢有權利叫他抽到的那兩個號碼做任何事。」

她一邊看著我、一邊燃起一根細細長長的薄荷涼菸，看得出來、她真的覺得我很無聊。

「有一次好不容易終於我贏了當國王了，結果妳猜我想到的遊戲是什麼？」趁著她煩躁的想把臉轉開之前，我緊急宣佈答案：

「就是摳牙屑叫對方吃。」

她先是一楞，然後噁心的嫌惡表情出現在她臉上；我知道，我成功了。

『你白痴哦！』

她說。

就是在這個當下，一個什麼的似曾相識感閃過我的腦海，這我才恍然大悟原來她就是奇奇！那個傳說中的、大佬曾經的學姐女友，那個他們分手的夏天、大佬一句——啤酒的年代結束了——接著開始著手弄起工作室的夏天。

你白痴哦。

大佬後來就不再那麼掛在嘴邊的口頭禪。

你白痴哦。

每當大佬不經意又衝口而出時，就會及時打住然後把眼睫毛低垂下的、四個字。

你白痴哦。

而我只是在想，原來在那個夏天之後，變了的人，不只是大佬。

原來分手不會只讓一個人改變。

之二

當體重只剩下三十六公斤的時候，我告訴鏡子裡的自己：好了，該夠了，承認吧！妳真的沒有本事只靠自己擺脫憂鬱。

妳需要幫助。

厭惡的離開鏡子，把總是沉默的手機拿出來，本來是想撥一〇四問醫院電話的，但不知怎麼的，我撥出的卻還是陳富的號碼。

去他的醫生，去他的吃藥，我想要的還是陳富的幫助，到頭來，還是。

撥號。

撥出這個幾乎一年沒再撥出過的號碼，號碼響了很久才終於被接通，而接通之後首先出現的是一陣不太確定的沉默，沉默之後才是陳富的聲音：

『Hello？』

「我……我是奇奇。」

當這句話說出時，我當下變得好荒謬：怎麼現在的我們，在撥出對方的號碼之後，首先得做的、是報上自己的名字？

距離總是從微小的細節開始浮現。

『我知道。』

陳富說，然後又是沉默。

「我……可以見你一面嗎？」

為什麼曾經熟悉的一句話，如今卻要花費這麼大的決心才能說出？而且還忐忑。

『有什麼事嗎？』

「……」

『妳當初把我甩掉，為的不就是不想再見我一面嗎？』

原來在你的眼裡，我只剩下殘忍？

心煩意亂的想掛了電話時，陳富又說：

『幾點在哪？』

掛了電話吧！對，掛了……不要再錯了，不要……

「下午三點，我和我追逐的夢，可以嗎？」

『妳怎麼變了、奇奇？什麼時候妳開始也用這種軟弱的口氣說話啦？』

尖銳的語氣，陳富的語氣，我陌生的語氣。

殘忍。

「算了，當我沒——」

『下午三點，我和我追逐的夢，知道了。』

陳富打斷我，然後說，然後粗暴的掛了電話；聽著重新恢復沉默的空氣，我覺得自己好白痴，我不知道自己到底在幹嘛。

我不知道和陳富見面到底能幫助我什麼，我只知道只要見他一面，我應該就能好過一點。

我憎恨自己的無助。

下午三點鐘，幾乎一年時間沒再進過的我和我追逐的夢，見陳富。

我和陳富約了三點在這裡見面，只是我沒想到的是，依舊是習慣性比約定的時間提早到來的陳富，身邊卻多了一個女生。

姿態是他女朋友的女生；同樣有著長直髮、小臉蛋和大眼睛；姿態是陳富女朋友的女生，我不認識她，可是就因為如此，我討厭她。

我討厭陳富的故意。

當他發現我的第一眼，陳富的眼底是詫異、不太明顯的，但隨即他低垂著長睫毛，當他再抬起眼睛時，臉上是他一貫的吊兒郎當：

『妳怎麼瘦那麼多？』

「我爸爸自殺了，我這一年來過得不好，很不好，連工作也沒有辦法；我知道我應該去看醫生吃點藥，可是我真的討厭醫院，那是我最後見到我爸爸的地方，我討厭它。」

我以為我這麼說了，可是我沒有；我的眼睛只是筆直的凝望著陳富的手，親密的搭在那個女生的肩上。

你還是沒變。

望著那雙曾經依偎過的手，如今卻搭在陌生女孩的肩上，我凍結的連話也說不出來；我知道我們分手了，我知道提出分手的人是我，可是我不知道這一幕竟會讓我無法忍受。

難受。

『是不是工作太忙啦？』

「你有女朋友？」

『很意外嗎？』

「……」

『找我有什麼事嗎？』

精準的傷害，這、陳富刻意表現的距離。

「沒事。」

我說，然後轉身離開，趁著情緒潰堤之前，趕緊離開，以一種逃離的姿態，離開。我覺得自己好狼狽。離開時我這才發現店裡依舊播放著千古不變的〈我和我追逐的夢〉，不知道為什麼，我突然覺得該是新陳代謝的時候了。

歌還唱著，只是感情走調了。

新陳代謝。

找了最近的提款機，我把母親離開前留下的錢全數領出，握著手裡最後的鈔票，我望著螢幕上顯示的餘額，突然念頭一轉，我把手中這張塑膠卡片折斷，然後丟棄，因為，我知道我再也不會需要它。

只能給妳這麼多，別怨我
好好照顧自己，我知道妳可以

想起母親親手寫下的離別紙條，搖搖頭，我走進髮廊，一點眷戀也沒有的、就要設計師幫我把這麼多年來的長直髮剪掉。

新陳代謝。

接著是化妝，買了整套的彩妝，我請專櫃小姐幫我以及教我化妝，望著鏡子裡被畫上的強烈黑眼線，我看見偽裝的勇敢，我覺得這樣很好。

新陳代謝。

最後我邀請了詩茵還有幾個勉強還留有彼此門號的朋友笑說今晚來場告別憂鬱Party，作為這新場陳代謝的終點，以及起點。

在告別憂鬱Party裡，我第一眼看到陪著詩茵同行的男生時，還沒聯想到這應該就是她有事沒事就愛提起的學長，只覺得他有張好看的臉、恰當的身材比例，只可惜他還不知道怎麼適當的呈現自己，我想那大概是因為他還很年輕、還弄不清楚自己的優點在哪裡的關係，不過話說回來，誰在他那年紀時、不是這樣嗎？

直到復興美工這四個關鍵字穿進我的耳膜時，我才明白；打量著眼前這男孩，我在心底猜測著他應該是幾歲？今年幾年級？參加什麼社團？會不會剛好認識陳富？有沒——

夠了！

「你叫什麼名字？」

『陳浩。』

他為什麼要叫陳浩？為什麼只跟陳富差一個字？世界上有這麼多的字、這麼多名字，為什麼他偏偏只跟陳富差一個字？他今年幾歲？幾年級？參加什麼社團？會不會——

夠了。

把頭低下，我習慣性的把雙手並排在桌面上然後凝望，這是唯一能讓我抽離身邊討厭的現實時的方法；我喜歡凝望著我的手，然後在心底默默向它許願，我知道這舉止常常會讓旁人不自在，但我想那不關我的事，再說身邊的人早也應該習慣了，習慣了這舉止、習慣了這樣子的我。

然而，這初次見面的陳浩卻好像很不習慣，見他把杯子裡的啤酒一口氣喝乾，然後莫名其妙的開始說起單人相聲來，而述說的對象是我：

『對了，妳知道什麼是國王遊戲嗎？』

不知道，也不想知道。

『就是呀每個人會先抽個號碼牌，然後呢贏的人當國王，當國王的人呢有權利叫他抽到的那兩個號碼做任何事。』

講話的口吻也還很孩子氣，他高三了嗎？聽來應該還沒，還沒高三的話、應該就不會認識陳富了吧？

『有一次好不容易終於我贏了當國王了，結果妳猜我想到的遊戲是什麼？』

聽到這裡我已經差不多想把臉轉開了，不過這小子很不屈不撓的趕緊說道：

『就是摳牙屑叫對方吃。』

我先是一楞，然後一陣噁心的雞皮疙瘩爬滿我的手臂，我想大概是酒精的關係，因為我的反應居然是笑，我笑著說：

「你白痴哦。」

新陳代謝。

Party結束，回家。當陳浩把車開到店門口接我和詩茵時，我知道，新陳代謝結束了。因為出現我們眼前的是，陳富的車；他開著陳富的車來接我們，那台擁有我們那麼多回憶的、陳富的車。

本來我以為我的反應會是崩壞，但是結果我沒有；已經沒有眼淚哭了，我想原因大概是這個；我平靜的上車，坐在從來也沒坐過的後座時，我只思考一個問題：當愛情來過，當愛情走後，被留下的我們，還會剩下些什麼？

結果，我這麼回答自己：一個人重新開始的勇氣。

重新開始。

既然要新陳代謝，就乾脆拋它個夠，我心想。

「我想要搬出去一個人住。」

『咦？為什麼？在我們家不是住得好好的嗎？是不是我浴室用太久了？還是——』

『妳們是姐妹哦？』

『女人講話你別插嘴啦！』詩茵嘖了陳浩一聲，然後繼續擔心著：『可是我媽有答應過阿姨——』

「我只是想要重新開始而已。總之，我是這麼決定了，明天我會重新找工作找房子，至於我媽那邊，反正她也沒怎麼再打電話來了，所以我想沒問題。」

『那好吧，只是、妳錢夠嗎？』

「夠啦！我媽去日本的時候有留一筆錢給我。」

雖然只是很少的一點，不過我想應該夠撐一陣子。

『也好啦，只是、妳確定不先去看個醫生嗎？好了之後再搬出去一個人住我們也比較放心呀。』

『什麼醫生呀？』

我瞪他，於是陳浩識相的閉上嘴巴，專心開車。

「不用啦，我知道我已經好了。」

『妳確定？』

「同樣的話我不喜歡講兩遍。」

『哦，好啦。』

我希望我已經好了，我心想。

第三章

沒有人喜歡孤獨
只是害怕失望而已

——《挪威的森林》村上春樹

之一

「憂鬱症？那是什麼東西？」

『其實也不確定啦！是我媽說的而已，可是這也沒辦法，因為奇奇又不肯去看醫生。』

「她是怎麼了？」

『吃不下，睡不著，過不好，亂糟糟，奇奇說大概是這麼一回事。』

「為什麼會這樣？」

『But I。』

神神祕祕的笑著，詩茵用一種好像說了什麼不得了的祕密那般的口吻說But I。

「But I？」

『I know I should sleep, but I can't. I know I should eat, but I can't. I know I should be happy, but I just can't. 後來But I就變成奇奇和我之間的祕語，呵～～』

「好奇怪，聽不太懂。」

『一開始只是失眠也沒有很But I啦！然後越來越嚴重，就開始白天會醒不過來、好像是一直在做夢的樣子，變得沒有辦法去上班，就只好乾脆辭職了。』

「是因為失戀才這樣的嗎？」

『不是啦！』想了想，詩茵覺得好像要更正：『不完全是啦。』

「哦。」

接下來我才知道，原來詩茵的媽媽和奇奇的媽媽是大學同學，小時候她跟著媽媽去過奇奇家幾次，除了感覺到這個姐姐冷冷的酷酷的、不愛理人又總是跟在爸爸身邊畫畫之外，還有那麼一點的害怕她；後來再見面是在奇奇她爸爸的告別式之後，在附近的咖啡館裡，當奇奇看到下了課穿著制服直接來找媽媽的詩茵時，兩個女生才好像是有了共同的話題那般聊了起來。

『我記得那天下雨。』

「哦。」

『不知道是不是因為這樣啦！不過下雨天的時候她真的會比較嚴重。』

「怎麼說？」

『會一直哭，然後你問她怎麼了？可是她連一句也講不出來，不是不肯講哦！是你看得出來她想講、但她就是講不出來。好可怕，我們嚇都嚇死了，可是她又不肯去看醫生。』

她不肯去看醫生。我注意到詩茵又強調了一次。

雖然覺得有點不禮貌，可是我忍不住的就是很想問：

「But I是會自殺的那種病嗎？」

『我不知道耶，可是奇奇不會去自殺啦。』

「妳又知道了咧？」

『反正我就是知道啦！』丟了銅板在桌上，詩茵匆匆忙忙的抓起包包：『晚上記得不可以說我講了But I的事哦，掰。』

順著詩茵的眼神望去，我看見沙大和阿台大搖大擺走進我和我追逐的夢；當詩茵和他們擦肩而過時，沙大還不正經的逗著她：

『學妹！幹嘛每次一看到我就閃呀？』

『沒有啦，學長再見。』

一屁股坐在我面前，沙大含著香菸，問：

『浩呆！你馬子幹嘛那麼怕我呀？』

「不要亂講啦！我們只是朋友。」

『隨便啦！喂！兩杯百紅，冰一點、快一點！』向吧台喊完之後，沙大簡直是迫不及待的湊向我耳邊：『浩呆，我上次跟你說的事還記得嗎？』

「什麼事？」

『就、那個呀。』

沙大得意洋洋的比了三根手指頭。

『什麼事呀？這麼神祕。』

沙大不理阿台，沙大繼續又說：

『我們後來試了。』

「哦。」

『超正點的啦！吼～～』

『到底什麼事啦？沙大！』

『我和浩呆的私事啦！』巴了一下我的頭，『我幫你保留了名額，回心轉意的話跟我說一聲，嗯？』

「不用了，我沒興趣。」

『最好是啦！假正經。』

才想反駁時，沙大的手機響起，簡短的應對幾句之後，沙大掛了電話然後把百香紅茶推向我：『幫我喝掉，我要去廁所。』

「咦？」

『學校廁所，Yes！』

說完，沙大吹著口哨離開，而我還是一頭霧水。

『四腳獸啦。』

「四腳獸？」

『哎喲！你怎麼老是那麼嫩呀？浩呆！大佬都快笑死啦！沒想到把沙大趕出撞球間，反而開發他野炮的樂趣呀！啊哈哈～～』

「說到大佬，他上次居然來這裡耶。」

『我和我追逐的夢？』

「嗯呀。」

『怎麼可能？』

望著阿台，我感覺到我的心好像一分為二：一邊是想告訴他、我後來認識了奇奇的事，而且晚上我們還要去她的慶功Party；可是另一邊的我，不知怎麼的、卻想要它是個祕密。

我選擇了後者。

『幹嘛表情那麼僵呀？是擔心賭輸哦？』

「咦？」

『快畢業囉浩呆！別想賴掉我們打賭你到畢業交不交得到女朋友這事。』

我尷尬的笑笑，當初和阿台打這賭時，本來我是很有把握贏的，因為我心想反正到時候還沒遇到喜歡的女生、就乾脆跟詩茵告白交往算了，然而……

『浩呆呀！聽阿台一句話，越是久沒有碰感情，會變得越來越怕碰感情哦。』

「知道啦。」

『還是說？』阿台甩了甩他的長頭髮，每當他出現這個動作時，我就知道他又要開冷到不行的玩笑話了；『還是說你真的是個死屁精而且愛的還是大佬最近剛好又跟他告白了？』

「很冷溜。」

『啊哈哈～～』阿台這次的招牌笑聲啊哈哈笑得比較漫不經心，『因為大佬最近怪怪的啦。』

「怪怪的？」

『你都沒發現哦？他最近都沒再泡馬子了，甚至還開始跟著他老子出去交際應酬還打高爾夫！你能相信嗎？高爾夫！大佬耶！我們以前笑到快死掉的高爾夫耶！』

我其實是有點相信的，因為我想起那天的大佬……

——我今天做了一件可能會讓自己後悔一輩子的事情，因為想要忘記，所以你幫我記住。

——因為想忘記、所以要我幫你記住的事？

——嗯。

分手改變的，永遠不會只是一個人。

慶功Party，慶祝奇奇找到新工作並且順利領到第一份薪水的Party；這次我們依舊是約在上次那家夜店，只不過這次只有我們三個人，也於是我們選擇的位子不再是有低消限制的沙發區，卻是角落到幾乎被忽略的角落。

而作東的人是奇奇。

奇奇。

每次看到奇奇時，我總是得花上好長一段時間才能適應：眼前的這個女孩，和我上次見到的，是同一個女孩，而非只是擁有一張相似臉孔的兩個人。因為每次見到奇奇時，總能明顯感覺到她身上某個部份已經改變了的，奇奇。

奇奇。

這次的奇奇依舊是NANA式的打扮，只不過頭髮長了些，而臉色紅潤些，整個人還是瘦，不過已經不再瘦得那麼令人驚心，我想那大概是笑容出現在她臉上的關係；這次的奇奇看起來很開心的樣子，或許應該說是，她努力的試著讓自己看起來很開心的樣子。

這次的奇奇和上次最大的不同是：我的這個人相當大程度的出現在她的視線裡。

在興奮的聊完她的新工作——氣派的獨立辦公室，相當賞識她的年輕老闆，還有、對一個新的設計師來說，相當不錯的薪水——之後，奇奇突然把話題帶到始終傾聽著的我的身上，以一種學姐的姿態，奇奇好奇的問：

『所以，為什麼你要考復興美工呀？』

「呃……因為我很喜歡看漫畫。」

我這麼老實的回答，接著我看見奇奇微微的皺了眉頭，然後我想起當時大佬也問過我這個問題，而他的反應是挑眉。

『所以，你以後想當個漫畫家？』

「嗯呀。」

然後她挑眉，就像當時的大佬一樣；只不過這次的奇奇不是像大佬那樣，要我把自己的作品帶給他看，卻是燃起了一根香菸，然後決定轉換話題：

『真可惜呀，到了詩茵這一屆，就開始不用在制服上繡名字了。』

『我覺得很好呀。』

『那你呢？你們那一屆還要繡名字嗎？』

「嗯……要呀。」

『所以你們是最後一屆囉？』

「嗯呀。」

捻熄了香菸，奇奇突然的提議：

『或許我們可以穿著制服拍張合照，呵。』

『真可惜，要是早點約的話，我們就可以在陳浩他們畢業展的時候合照了。』

『畢業展？』

『對呀，陳浩他們畢業展超熱鬧的啦！雖然作品並不怎麼樣，哈～～』

「喂！」

『陳浩你跟奇奇講沙大的事啦！』

『沙大？』

「也沒什麼啦！就是大佬他們來看我的畢業展，結果才沒一會就發現沙大和大嫂怎麼突然不見了，然後我們就開始賭了。」

『咦？』

接著我約略的介紹一下沙大和大嫂這對熱衷於性開發的情侶檔，然後說起大佬和阿台的對賭：

「大佬賭他們是回工作室，而阿台賭他們跑到廁所演四腳獸。」

『結果誰贏啦？』

「阿台呀，而且還是男廁，嘖……」

『你們知道一個叫作哭泣湖的地方嗎？』

突然的，奇奇打斷了我和詩茵，沒頭沒腦的問。

『哭泣湖？』

『嗯，在屏東的牡丹鄉，小時候我爸爸帶我去過一次，去寫生；最近不知道為什麼，突然又想去看看。』

『屏東，好遠哦……』

「是呀，本來我和我前男友約好了他畢業時我們要自己去那裡畢業旅行，可是……」

奇奇沒再繼續說可是什麼，她只是又燃起一根香菸，然後，抽。

抽遺憾。

「我們一起去吧。」

『啊？』

拍了拍詩茵快要掉下來的下巴，我提議：

「反正我本來就想趁當兵前去遠一點的地方旅行。」

『那好，你們看怎麼約再告訴我。』

奇奇說。

而至於詩茵，則是反常的沉默。

之二

哭泣湖。美得令人想要哭泣的湖泊，沒去過的人不會知道。

小時候爸爸曾經帶我去過哭泣湖，行李沒帶幾件，倒是畫具帶了不少，畫具很重，可是我們揹得很快樂，那是為了慶祝爸爸成功賣出第一幅畫的慶功宴，很突兀的選擇哭泣湖的原因是，爸爸說牡丹是他的家鄉，而那是我們父女倆唯一一次的旅行。

那是爸爸唯一一次賣出的畫，這輩子。

懷才不遇是爸爸這輩子最傷心的四個字，而我的話則是貧窮。

小時候家裡很窮，因為爸爸的畫懷才不遇，而油畫的材料又貴；貧窮的這件事情對於一般窮人家來說應該不成問題，問題就出在於我討厭窮，從還不懂事的時候就討厭，我不知道這是早熟還是虛榮，我想這點大概是遺傳自媽媽。

我討厭窮，很討厭很討厭。

長大後我遇到個白馬王子，我知道這個說法很芭樂，但確實就是這麼一回事沒錯，我喜歡他寬寬的嘴大大的手，我喜歡他不肯正經的笑臉，我甚至喜歡他的有錢；只是，我討厭最後這變成我們分手的原因，他是我最深刻的愛過，我們怎麼可以因為這麼無聊的原因分手？

我的嘴不夠甜，我的手不夠大，我們的距離，卻無限。

我的手太小。

他總是能夠輕易的把我惹哭又把我逗笑，本來我以為這是我自己的問題，我知道我一直就很容易情緒不穩定，我也想要修正，我努力修正，可是我沒有辦法，越是想要努力、越是沒有辦法，我們都很累，愛情不應該這麼累。

我很愛他而他也愛我，但我們後來還是走不下去，我很難過，我想問題還是出在於我自己；本來就極度缺乏安全感的人，實在不該再愛上不安定的男人，我想。

我討厭我自己，一個自我厭惡的人，如何能有幸福的可能？

沒有人會記得愛情是怎麼開始的，卻記得愛情是怎麼結束的。

決定好分手的那天，不知道為什麼我突然想起不知道是誰曾經說過的這句話，我覺得這句話徹底的錯了，因為我千真萬確的，記得我們是怎麼開始的，還有，怎麼結束的。

我記得開始的那天是因為他喊我的名字，還有他大大的手；我記得分手那天，是因為他緊咬著下唇不肯再說話，還有他的背影。

沉默的背影，離開的背影。

很好笑，交往將近兩年的時間，那是第一次，我看到他的背影，這我才發現原來他總是習慣走在我的身後，或許這是他的教養他的紳士，可是他卻不知道這其實更加深我的不安全感，我不喜歡往後看，不喜歡回頭，很不喜歡；我情願他走在我的前面、我的視線，讓我看著他、安心他還在，不用回頭，不用確認。

他老說我總是要得太多，他說我就算擁有了全世界也不會快樂，他其實說對了，只是，不快樂是我的錯嗎？

『呃……不、不是。』

陳浩結結巴巴的回答，然後我就笑了，坐在哭泣湖畔，很奇怪的我笑了。

「不知道為什麼沒頭沒腦的跟你說了這一大堆。」

『沒關係啦。』

「不過，原來有些話，說出來感覺會好過很多。」

『對呀。』

「嗯。」

『那個……呃……那個……唔，我問了妳不能生氣哦。』

「光聽到這裡我就差不多想生氣了。」

『唔……那我不敢問了。』

「快說啦！」

『好啦！那個……當妳But I的時候，為什麼都不打電話給大、呃妳的前男友呀？』

我有點奇怪的望著陳浩，因為這話裡有個什麼我一直懷疑了很久，是關於名字的那個部份，不過終究我還是選擇了忽略，我想我到底還是逃避。

我只是有點裝生氣的問：

「吼～～詩茵該死了她！」

『別、醬嘛！她只是……那個……呃那個──』

打斷了陳浩的緊張，笑了笑，我說：

「我不習慣讓他看見我脆弱的樣子，可能這點未免太好強，不過我就是這個樣子。」並且：

「或許我該找的，是一個能讓我放心在他面前脆弱的人吧，我想。」

我想。

把腿伸長在地上延展，我有點奇怪為什麼詩茵買個飲料卻去了這麼久時間還沒有回來？不過，心底是這麼奇怪著，而嘴巴問的卻是：

「你喜歡詩茵嗎？」

『沒有，我們只是普通朋友。』

這是我第一次聽到這麼流利的話從陳浩的嘴裡說出，他回答得很快，快得像是每天都在回答這個問題那樣；於是我知趣的不再追問，把視線擱向遠方，我隨口問道：

「你看過《挪威的森林》這本書嗎？」

『是漫畫嗎？』

「你白痴哦！」

『呃……』

然後我又笑了，玩笑似的巴了一下他的頭，然後驚訝他後腦袋的平扁，回憶的畫面剎時閃過我的心頭，我忍不住脫口而出：

「原來如此，聽說扁頭的人脾氣比較好。」

『啥？』

——原來如此，我媽說後腦勺圓的人脾氣通常都不好耶！

「沒事。」

沒事。

把手邊的碎石丟往哭泣湖裡，湖面平靜的連個漣漪也沒激起；像是找話聊那般的，我說：

「第一次看《挪威的森林》是我媽媽買的，好像是在台灣的第一版吧？忘了，反正很久了。

那時候我看不懂，唯一印象深刻的是，這書名讓我想起哭泣湖的樹林，為什麼？不知道，可能是因為這是我唯一看過的樹林吧？我想。而長大後又看是因為——」

是因為陳富。

因為陳富送我這本書，這本村上春樹的《挪威的森林》，版本已經改由賴明珠翻釋，可能是因為翻譯的關係，也可能只是單純的因為陳富的關係，那次，我把《挪威的森林》看完了。陳富說他看了書裡的直子會直覺聯想到我，於是迫不及待的買了兩本，一本自己留著，一本要送給我；當時我還很不高興：我哪有什麼憂鬱症！我當時是這麼說的。

但後來後來But I……

因為這本書的關係，我想起哭泣湖，陳富提議要一起到哭泣湖旅行，作為他送給我的畢業禮物，可是我很忙，沒有時間，一直就沒有時間；當時的公司在畢業展看上我的作品，接著一畢業，我就馬上去了那裡當設計助理，薪水雖然很少，而工作時間又該死的長，拿到第一份薪水、為了買個LV包包給自己當禮物，還得吃上一個月不止的白吐司，可是我很快樂，雖然我什麼都還沒擁有，可是我就是知道未來握在我的手裡。

但後來後來But I……

「直到分手之後，不，直到現在我才發現，原來，我沒給過他多少時間。」

『嗯。』

「沒有人喜歡孤獨，只是害怕失望而已。」

『咦？』

「書裡頭有過這麼一句話，他很喜歡。」像是按了遙控快轉般的把話說完，順著我的視線望去，我們同時看見提著一袋飲料的詩茵遠遠的朝我們走來，臉還臭臭的。

『妳是跑到美國去買飲料哦？』

『人家迷路啦！』一屁股的坐在我們中間，詩茵臉更臭了：『你真的很不紳士耶陳浩！居然叫女生在這荒郊野外跑去買飲料！我要跟我媽講啦！』

『喂！明明就是妳自己猜拳猜輸的，願賭就要服輸啦！』

我想我得更正，當陳浩和詩茵鬥嘴時，講話也很流暢。

『咕～咕～我詛咒你娶不到老婆啦！』

『那我也唱衰妳嫁不出去。』

「那你們兩個剛好湊一對呀。」

陳浩扮了個鬼臉，而至於詩茵，則是羞紅了的雙頰；真是一點也藏不住心思的個性，就像陳浩一樣。

後來他們又聊了什麼說了什麼，其實我並不太清楚；不確定是從什麼時候開始，我發現自己很容易就不小心從當下所處的現實抽離：人雖然還在這裡聽著說著回應著，但思緒，早已經飄走了，不知道哪去了。

面試那天也是。

在會客室裡等候面試的時候，為了驅走緊張感，我於是強迫自己專注的望著並排在桌面上的雙手，我凝望，我想像，想像這雙手會把我帶往怎麼樣的未來？我憂心這會不會又是另一雙懷才不遇的手？我害怕這個世界上只有我自己知道這雙手的價值，我希望——

『妳好。』

一回神，門被打開，在抽離還未回到現實的交替裡，一張年輕卻世故的臉出現在我的眼前，接著他伸出手，握。

大而厚實的手，好像陳富的手，卻紮實，且穩重，不像陳富的手。

那是一雙生活過的手。

『妳也習慣這樣子看自己的手？』

年輕男人說。而這也是那天他唯一說過的多餘的話。

花了十秒鐘不到瀏覽過我的履歷之後，年輕男人微微皺眉，然後立刻要我試畫幾雙鞋子的樣稿給他，接著兩個半小時過去，他眼睛亮了起來，然後說了個令我驚訝的薪水，最後以希望明天就來上班作為這次面試的句點。

『雖然還不是什麼像樣的公司，地方還不是很大，咖啡有點太酸，老闆也不是很帥，不過view倒是很不錯。』比了比落地窗外的台北空景，他自己笑了笑，『總之，歡迎妳的加入。』

並且：

『我喜歡年輕人，年輕是好事，我討厭中年人，整天和他們social就已經夠累了，夠了，我才不要回到公司還要看到三十歲以上的中年人。對了、看得出來嗎？我才大妳三歲。』

看得出來，也看不出來；我不知道該怎麼回答，於是我只是禮貌性的微笑。

『還有、有個問題忘了問妳。』折回準備離開的腳步，他又走到我面前，問：『為什麼想要設計鞋子？』

「咦？」

『我的意思是，平面設計、產品設計、服裝設計……關於設計的工作有這麼多，為什麼偏偏情有獨鍾於鞋子？我看妳履歷表上前一份工作也是鞋子，雖然不關我的事不過、那薪水太低了，簡直羞辱人用的，聽我一句話：絕對不要把青春浪費在對薪水小氣的老闆身上，我好像說太多了。哈！所以呢、妳為什麼偏偏挑了鞋子？』

「因為鞋子是女人身上最美的句點。」

『句點？』

「嗯，句點。」

『很好，句點型的性格。』

句點型的性格？我不知道他這句話什麼意思。

我當時只以為我得到了一份新工作，而後來我才明白，我是得到了一個人生。

第四章

言語會說謊
文字會造假
但反應不會

之一

結果我還是輸了和阿台的賭注，關於十八歲破處男的這個打賭；而輸的代價是要當場打手槍然後再把射出來的傢伙當成果醬塗在吐司上面大口吃掉，不過最終還是因為太過低級噁心而被推翻，於是在大佬的強力護航之下，變成是我只要買幾手啤酒來請客就可以。

真是謝了！大佬。

開著車，大佬載著四手啤酒還有我們四條人往三峽這棟自從他奶奶跟著姑姑移民到美國之後、就變成我們這夥人祕密基地的閒置別墅喝啤酒看夜景；當我打開第四罐啤酒的時候，沙大用一種我好像正在喝自己傢伙的誇張口吻問道：

『不是吧！浩呆！你已經尬到第四罐了哦？把浩呆的面具撕掉！你不是浩呆一杯倒！』

『他最近酒量被練出來了啦。』

『為什麼？怎麼了？』

大佬好奇的問著阿台，而阿台則是閃亮亮著他的招牌瞇瞇眼，一副正要打弟弟小報告的八卦嘴臉：

『最近浩呆好像滿常陪一個女的去夜店喝酒，』嘖了一聲，阿台又說：『上次好像還一起去屏東什麼湖的玩，掃興！都過夜了結果還是沒有告別十八破處男魔咒，真是丟光——』

『什麼湖？』

打斷了阿台的雜唸，大佬緊捉著這個話題追問。

「不是啦，是去墾丁啦。」我說謊，我不知道為什麼我要說謊，「而且又不是兩個人單獨去，還有詩茵啦。」

『吼～～真是礙事劉海妹，愛哭又愛跟——』

『哪個女的？怎麼沒聽你說過？』

再一次的、大佬打斷阿台、繼續問著，我這才發現原來優雅慣了的大佬也有咄咄逼人的一面。

『神神祕祕寶貝兮兮的咧！把浩呆捉起來吊陽台也不肯說，吼！』

『咦？我說、該不會浩呆弄到個人妻吧？不然幹嘛要這樣？』

像是發現了什麼未開發的新領域那般、沙大整個人都嗨了起來的問。

「沒有啦，不是你們想的那樣啦。」

『是喜歡的女生嗎？』

我不知道，於是我把問題丟回給大佬：

「怎麼樣才知道自己是不是喜歡上一個女生？」

『想上她。』

想也不想的、阿台搶著就回答，真是精蟲衝腦的色胚。

『光想到她可能會被別的男人上，就氣到很杜爛。』

沙大才說完，他們就開始嬉鬧了起來：

『屁咧！那你幹嘛還搞3P？』

『我以為你只告訴我耶！』

「你不是叫我不可以講出去？」

『原來大家都知道囉？吼～～沙大！吼吼吼！』

擺擺手，沙大白爛著說道：

『哎喲！這事證明了我們工作室真的藏不住祕密啦！哈！』

『呿～～』

『實不相瞞，我最近還滿想試試被那個是什麼感覺的。』

掰著手指頭，沙大又興致勃勃的說。

『你白痴喔！死屁精！』

而大佬巴了沙大的頭，笑著鬧著亂噴啤酒；我注意到大佬這次的『你白痴喔』說得比較自然，從哭泣湖回去之後、或許奇奇終於還是把自尊問題捨棄、回過頭去找大佬，然後告訴大佬、她其實真正希望同行的人、還是他……我忍不住懷疑是不是他和奇奇復合了？我知道這個懷疑很無聊，我不知道我幹什麼要這麼無聊的懷疑，我想那大概是因為奇奇最近很久沒有找我們了，而大佬最近又好像開始變回以前的大佬了……。

「大佬你咧？」

『我啥？』

「你怎麼知道自己是不是喜歡上對方了？」

想了想，大佬說：

『沒想過，不過當我喜歡上一個人的時候，我就是會知道。』

「喔。」

『別問了浩呆，你是真的喜歡她啦！』斬釘截鐵的，大佬說：『看你的表情就知道。』

「什麼表情？」

『喜歡上一個人的表情。』

「……」

在他們鬼喊鬼叫的啤酒噴中，我恍恍惚惚的想起在哭泣湖回來之後的車程裡，奇奇提起的彼得潘。

彼得潘。

我想起在那次回台北的車程裡，奇奇終於像是想到該這麼做了似的、跟我問了手機號碼；我記得那時候我整個人小鹿亂撞得要命，因為從初見面以來、我們的聯絡方式總是奇奇透過詩茵，而這就表示了我在她的心中從『詩茵的朋友』升等成為『她的朋友』。

「彼得潘？」

當我看到奇奇在她的手機裡把我的號碼輸入完成之後，所鍵下的彼得潘這三個字時，很是不了解的問著。

『因為我不喜歡你的名字呀，所以乾脆弄個代號好了。』

「為什麼？」

『沒為什麼，反正就是不喜歡。』

「哦。」

『你知道彼得潘這個童話故事嗎？』

「嗯呀。」

彼得潘。

我知道彼得潘，因為有卡通而且有個漫畫就叫作彼得潘症後群，但我想奇奇指的應該不是那個。

彼得潘。

拋棄時間，拒絕長大的，永遠孩子氣的彼得潘。

我真的很彼得潘嗎？

『不知道為什麼，面對你就是特別能夠把話簡單的說出來，不想說的、不知道該怎麼說的、無論如何都不想被知道的話，在你面前的時候，就是特別容易能夠把話簡單的說出來。』

「唔……為、為什麼呀？」

『大概是因為你的眼神很乾淨吧。』

「眼神很乾淨？」

『怎麼說呢、這個……』很困擾似的歪著頭，最後奇奇決定不是解釋而是打個比方：『你曾經一個人去過咖啡館嗎？』

「沒有耶。」

為什麼要一個人去咖啡館？咖啡好喝嗎？一個人去咖啡館能做什麼呢？對著咖啡說心事嗎？

『在咖啡館裡，總是會聽到別桌的客人在講話吧？』

「嗯呀。」

『有些人說話的聲音就是特別會打擾到別人，這不關音量的事情喏！就算是已經盡可能的小小聲說話，但很奇怪的、你就是會覺得被打擾到了而很不愉快；但是有些人卻很奇異的並不會，我指的眼神很乾淨，大概就是這方面的事吧。』

「雖然還是聽不太懂，不過我大概知道是什麼意思吧，因為我有個學長也曾經跟我說過類似的話，」凝望著奇奇，我假裝若無其事但卻試探性的說：「他叫作大佬，是我們工作室裡的老大。」

話才一說完立刻我就後悔了，因為奇奇的表情僵住了、彷彿是連呼吸都一併靜止了的那種程度的僵；於是我才確認，其實奇奇早就猜到我口中的大佬就是她心中的陳富，也難怪每當我聊起大佬或者工作室時，她總是不自在的沉默。

明明想傾聽卻又逼自己拒絕傾聽的沉默。

我不知道奇奇是從什麼時候開始猜到的？或許是我描述工作室時，或許是我形容起大佬這個人時，或許是第一次見面、她看見我開著大佬的車時，更或許，早在我們初次見面之前，她就聽詩茵提過了。

也於是她對我才特別的無距離？

——我記得開始的那天是因為他喊我的名字

——真可惜呀，到了詩茵這一屆，就開始不用在制服上繡名字了

——你叫陳浩？

「欸，大佬，我一直想問你一個問題耶。」

『啥？』

「如果不是因為我和你的名字只差一個字的話，那你當初還會跟我做朋友嗎？」

大佬先是一楞，然後不太確定的回答：

『會呀。』

『浩呆你發神經哦？幹嘛突然說起這些五四三？』

『哦～哦～浩呆真的是戀愛了啦！看他像個娘兒們一樣，啊哈哈～～』

『講到這個，你們還記得我們班那個白毛嗎？』

大概是意識到我的不自在，大佬若無其事的把話題帶開；我知道大佬說的那個白毛，因為我在學校遇過幾次他正在被揍，不過因為他又矮又胖、活像長著白色頭髮的小叮噹真人版，於是所有人都習慣叫他作白毛。

『上次我們開同學會，結果也沒人找白毛、他卻自己跑來，真是夠神的啦！阿台你就沒去、超可惜！』

『哇靠！久違的白毛耶！他現在在幹嘛？被打斷了腿在廟口抱著大碗公行乞嗎？啊哈哈～～』

『還在復興延畢啦！了不起，把復興當醫學院讀了！哈！』

『真的假的？！』

『真的呀！轉到夜間部去，而且聽說被打得更慘，同學會上還哭答答著要我們幫他報仇，真是夠白毛的啦！』

『笑死我啦！啊哈哈～～』

阿台很捧場的抱著肚子大笑，倒是沙大把話題繼續帶回我的身上：

『倒是浩呆呀，你為什麼不用當兵呀？』

「前十字韌帶斷裂。」

『為什麼會斷？』

『總不會是因為做愛啦。』

『嘖。』

白了一眼沙大之後，大佬繼續又問了一次：為什麼？

「打籃球呀，國中的時候就斷掉了，後來沒鳥它，後來才知道嚴重到不用當兵。」

『哎～～也好啦，哪像我，衰得抽到金馬獎，真的是、夠嘔的啦！』

『誰叫你不去考大學繼續混四年。』揉了揉阿台的頭，大佬也問了我同樣的問題：

「倒是浩呆幹嘛不去唸大學？」

「大學沒考上呀。」

『重考不就得了？』

「算了啦，我知道我的腦袋不夠聰明啦。」

『那你打算工作？』

『浩呆本來就在我工作室工作呀。』

「不過除此之外，還是想找看看有沒有能夠到出版社去當個漫畫家。」

我說。

然後大佬揚了揚眉毛，把已經到了嘴邊的話吞了回去，最後他說的只是：

『哎～～乾杯啦乾杯！』

而現在的我，終於知道大佬的那個挑眉，指的是什麼意思。

之二

確定得到工作之後，我在公司附近找了間小小的學生套房作為新生活的起點，因為行李沒有幾件的關係，於是我婉拒了阿姨說要幫忙搬家的好意，而只招了計程車，花了只一趟的車程，就這麼把搬家這件事情搞定。

而所有的行李說穿了其實不過一袋衣服、幾雙鞋子、些許化妝品，以及，一罐果醬。

在超市買來的最便宜草莓果醬（連果粒都沒有的那種最便宜），只剩下半瓶不到的份量，或許也已經過了賞味期限也不無可能，是在我得到第一份工作的時候買來的果醬，我很討厭它、可是曾經我很需要它來度過每一天的貧窮晚餐：兩片白吐司，抹上薄薄的草莓果醬，配上一杯三合一的即溶咖啡，這就是當時我晚餐的全部了。

不知道為什麼，兩次的搬家我總都還是帶著它，雖然我打從心底明白，我再也不願意打開它；我想我大概是想要個提醒，想要把它當作某種程度上的提醒。

提醒。

本來我以為改變生活方式、讓生活有個重心，就能把因為空閒於是胡思亂想的時間專注於投入工作，這麼一來、對於我的精神狀況就能有所改善，但是很顯然的並沒有，反而卻是更加凸顯我在人際關係上的不拿手。

不拿手，且笨拙。

在工作的第一天就掩飾不了。

工作的第一天，當老闆（果真他把這公司裡視野最好的辦公室派給我）帶著我這位新設計師認識舊同事時，面對她們友善且熱情的問候，我的反應卻只做得到「欸，妳好。」如此而已；望著因為我的回答過份簡短、於是她們尷尬止住的表情，我知道我確實是該多說些什麼、多帶點笑容、甚至主動多問些什麼；我感覺到她們都是好相處的好人，也盡可能的想表達出這件事情，然而，當我越是努力想要表達我的友善時，腦子卻越是事與願違的一片空白。

腦子僵硬，表情僵硬，反應僵硬，肢體僵硬，僵硬僵硬僵硬僵硬！

尤其是第一天的午餐。

午餐時老闆笑嘻嘻的要她們帶我一起，她們和善的提議了好多好多的餐館讓我選擇，然而我唯一所能做出的回答卻是——都好。

為什麼不多說些什麼呢？從提議裡隨便挑一家也好呀！我在心底這麼懊惱著。

熱鬧又尷尬的午餐。

我們來到一家日式拉麵店裡，一行七、八個左右的人數佔據了長型的方桌，席間她們熱熱鬧鬧的討論著髮型、時尚、八卦、保養……而同行的我卻格格不入的連句話也說不上，我打從心底想要和她們聊成一團，但我怎麼就是不知道該怎麼讓自己和她們聊成一團；彷彿好像只是個併桌的顧客，每每當她們試圖想要把話題帶到我這邊、引導著我加入討論時，結果我的反應卻仍然僵硬的話不投機半句多，只能盡可能的微笑著點頭；我知道自己應該不是這麼無聊的人，但不知道為什麼在她們面前我的表現就是無聊。

我覺得自己好討厭。

當她們聊得越是起勁，我就越是窒息的想要逃跑，我不斷不斷的在腦海裡回想以前和朋友們都是怎麼聊天的？我甚至努力著想回憶當初和陳浩是從哪個第一句話開始認識進而變成朋友的？可是我想呀想的就是什麼也想不起來，只覺得呼吸困難的一陣反胃。

然後我就吐了。

在一陣驚呼聲中，我們第一次的午餐歡迎會就這麼尷尬的結束。

隔天午餐時，她們基於人情世故、依舊是客客氣氣的問我要不要一起吃飯？當我表示帶了便當於是婉拒時，我看見她們的表情是鬆了口氣。

鬆了口氣，在一個人的辦公室裡，我也鬆了口氣。

或許我就該接受只能一個人的自在？

閒置了好幾個第一天之後，終於在這天的下午，我的主管推開辦公室的玻璃門來找我，而看起來很累則是我對她的第一印象。

中年女子，中分黑長髮，波西米亞風穿著，腳下踩著和這商業氣息濃厚的辦公大樓格格不入的民俗風涼鞋，寬鬆的雙眼皮下垂在她的眼睛，而眼神，是毫不在乎別人怎麼看她的自在；她懶洋洋的遞了張名片給我，我看見名片上的title印著的是協理，協理在簡短的談話裡告訴我、老闆負責業務而她負責公司行政內務，至於在我之前的設計師則是協理和老闆他們倆共同的合作，而這也是他們決定聘請新設計師的原因，因為結果證明、他們對這方面完全性的不行。

我判斷不出來他們是什麼關係，不過我猜想他們可能是姐弟；我只覺得有點驚訝的是，當我聽到老闆並不會經常待在公司時，我的感覺是失落。

我覺得這好像不太好的樣子。

看起來很累、也不在乎別人知道她累的協理抱了一堆以前的作品供我作參考，接著告訴我樣品室在哪裡之後，就這麼一點客套也沒有的乾淨俐落走掉，當下我不知道該高興還是該難過的是，我其實希望這裡的每個人都像她這麼對待我；沒有任何的多餘，不把我當外人也不把我當自己人，更不在乎我是怎麼樣的一個人，恰到好處的、距離。

不冷不熱也不多餘。

當協理很累的關上門離開之後，我在心底這麼告訴自己：加油！奇奇！要讓他們為花在妳身上的每一分錢都感到值得！讓妳為自己感到驕傲！加油！

加油！

在一個人的辦公室裡、擺滿鞋子的樣品室裡，我真正感覺到自己重新活了過來。

重新活了過來，真正的那種。

我在心底這麼告訴自己，這麼給自己加油打氣，但其實我真正感覺到的是恐慌，毫無頭緒的恐慌，我沒想到當夢寐以求的工作真正來到我手裡的時候，我最踏實的感覺，是恐慌。

我想起在上一份工作、當我還只是個微不足道的設計助理時，在那麼低的薪水、卻那麼長的工作時數，唯一我感到滿足的時候，是在心底自己想像著哪天、當我也成為設計師之後，我會怎麼著手？當時支撐著我的最大動力、就是親手主導設計屬於我的鞋子、我的品牌；然而，當這個獨當一面的主導權成真來到我手裡時，我恐慌。

我沒有辦法不阻止我這麼質疑自己：妳，真的準備好了嗎？

用掉一整晚的失眠專注於焦慮，當天矇亮的時候，我念頭一轉，決定這麼告訴自己：不管我是不是準備好了，我都要假裝自己準備好了。

帶著這樣的確認，我每天都早早來到辦公室，低頭畫樣稿，每每再抬頭時，辦公室裡早已經下班的人去樓空只剩我一個人了；飯不怎麼吃，覺不怎麼睡，連手機也懶得理會，是這麼樣的情形來度過我人生中第一個主導的開發季。

以前只覺得累人，現在卻覺得過癮的開發季。

在開發季的末了，我完成了該交出的鞋樣數量，然後請協理過目，當她迅速翻閱設計稿之後，她疲累的眼睛閃過一絲懷疑，望著她的嘴唇，我原以為在那眼神之後，她會把鞋稿丟在桌上要我重新設計，甚至吐出大量羞辱我的話語來；可是她沒有，連續抽了兩根沉默的香菸之後，她把設計稿擱回桌面，然後只問了我這麼個問題：

『是以公司原來的方向下去設計的嗎？』

「欸，我認為這樣比較保險，但如果妳覺得要修正的話，我這方面還可以再改……」

接著她又燃起一根香菸，本來我以為她會說：

『那我幹嘛花錢請新的設計師？』

但是她沒有，她只沉默的把手中的香菸抽著，然後說：

『先這麼試吧，辛苦了。』

把香菸捻熄，然後她離開。

接著在當天，我撥出整個開發季以來，我撥出的第一通電話——

「晚上一起吃個飯好嗎？」

我覺得我需要暫時的抽離，抽離這假裝的我可以。

和詩茵約定的時間是晚上七點，而她卻到了八點左右才匆匆趕到，把椅子拉開連屁股都還沒坐定，詩茵就急急忙忙的道歉：

『抱歉抱歉，我們在趕畢業展，所以——』

「那妳幹嘛還要跟我約！」

打斷了詩茵的抱歉，我這麼低吼了過去；我不知道她幹什麼要抱歉，因為其實她在電話裡就先說了會晚點到，我知道自己只是藉題發揮遷怒於她，我知道這樣子是不對的，我知道我知道我都知道但我就是控制不了自己的情緒，我——

「這樣子浪費我的時間很好玩嗎！」

詩茵沒有回答只是擔心的看著我，然後問：

『妳怎麼了奇奇？是不是工作不順利？』

對！

還有……對不起，我的失控，對不起。

「我要走了。」

然而，我卻只是丟下這句話就草率的走掉。

我真討厭我自己，我對自己感到好失望。

失望。

隱隱不安的失望隨著開發季的結束、訂單量的慘敗而引爆，還引爆的，是我長久以來累積的壓力，或者說是對現實的恐慌。

一個人獨自面對未知生活的恐慌。

一直以來我以為這經常性的心悸單純是由於缺乏運動以及偶爾的菸酒過量所導致，然而這天，當這季的訂單量確定是慘透了、大虧損的這天，我在辦公室裡連一步也不敢踏出去，不喝水不如廁也不言語，我瞪著僵在眼前的門，滿腦子想呀想的就是為什麼協理不推開它走來？儘管我心裡明白她是極少會推開門走進來的，但這天我就是無法自已的想像著她此時此刻是不是正在辦公室外對著我的鞋子我的履歷我的這個人搖頭嘆息感到深沉的失望？

如果她推開門走進來把我兇一頓罵一頓羞辱一頓甚至表示我顯然並不適用的話，我想我自己可能反倒會好過一點，但問題是她沒有，那扇門一直就僵在那裡，直到下班之後我推開它走出去，從辦公室到門口這五十公尺的距離，是我這輩子走過最遠的距離。

離開之後我回到五坪大的學生套房，連晚餐也沒力氣吃的就這麼躺在沒有溫度的單人床上想呀想的，我的人是下班了可腦子卻沒有，我滿腦子想呀想的，想得直到經常性的心悸又犯、而且還加劇；我感覺到這次的心悸似乎特別難以對付，我什麼忙也幫不上自己的、只能夠揉著胸口祈禱這一切趕快過去；然而這一切並沒有過去，我心臟痛得幾乎想把它掏出來丟掉算了，我奇怪會不會自己其實有心臟病？可是我還這麼年輕哪！我不懂為什麼我的呼吸越來越困難？會不會我就這麼暴斃？但人死前難道不該是會快轉看見自己的一生嗎？難道這輩子最愛過的人不該再一次出現我眼前嗎？為什麼我毫無力氣的連什麼也沒看見？那傳說中的光呢？通往天堂的光呢？

我可不可以不要這麼丟臉的死掉？

在混亂、無助、痛苦的空氣裡，我的手機響起，而打來的人是陳浩，用盡了最後的力氣我接起，傳進我耳膜的是他那愉快的孩子氣聲音；

『嘿！咦？妳該不會也剛騎腳踏車環島完吧？不然為什麼聽起來比我還喘呀？』

救我……

『哈！我剛完成機車環島的計畫回到台北啦！』

救我……

『聽詩茵說妳新工作很忙耶！我有沒有打擾到妳呀？』

救我……

『奇奇？喂？奇奇妳在嗎？』

「救我。」

終於，我發出聲音，求救。

當天晚上陳浩慌慌張張的趕到我的住處帶我去掛急診，在做了所有的檢查之後，醫生只給了我六個字：

『典型的恐慌症。』

醫生說，然後開了藥給我，我不知道那藥袋裡裝的是什麼藥什麼作用，我只知道我不喜歡那六個字。

典型的恐慌症。

接著陳浩載我回到住處，一路上我們什麼話也沒有說。

隔天我請了病假一個人去北投泡溫泉，那是在公司裡我唯一一次請過的假，至於那袋討厭的藥則依舊是被我丟進馬桶沖掉，因為我討厭吃藥，我不想要藥物的依賴，我不想要任何形式的依賴，因為我總是固執的認為如果我吃了，就代表我輸了。

就像爸爸那樣，把安眠藥全吃進肚子裡，而且還上吊。

我承認我不承認輸。

第五章

跳舞吧！就像沒有人在看一樣。
去愛吧！就像不曾受過傷一樣。
生活吧！就像是最後一天一樣。

Dance like no one is watching.
Love like you've never been hurt.
Live like every day as if it were your last.

——愛爾蘭俗諺。

之一

恐慌症。

我還是不知道那是什麼？為和會這樣？不過我已知道它有點嚇人，而且奇奇很不喜歡它。

典型的恐慌症。

當急診室的醫生用麻木的口吻說出這六個字時，奇奇當下的眼神好像已經死掉了一樣，我甚至還懷疑她好像寧願自己得的是心臟病而不是這六個字；我不知道奇奇為什麼那麼討厭它，但我想那大概和But I有關。

But I。

『我知道我今天的樣子很不好，但不要同情我，也不要把這個不好的我記住，好嗎？我知道我會變好的，我會的……會……』

這是那天夜裡，奇奇唯一說的一句話，然後她哭了起來，彎著腰把臉埋進膝蓋裡的那種悲傷哭泣；而我的感覺是有點難過的，不是難過奇奇口中的樣子不好，而是難過在那麼不好的狀態之下，奇奇的選擇還是逞強。

不過我總是很高興自己打了那通電話，及時的電話，在最對的時間點上。

其實早在我當真騎車上合歡山而且還因為天雨路滑摔了車時就想打了，不，還有當我騎到屏東、特地繞到哭泣湖看它時，以及獨自上阿里山等待日初……每分每秒我都想要打電話給奇奇，都想和她分享我眼前看到的每個畫面，都想聽到她的聲音，就算只是冷淡一句：「我在忙。」這樣也好，也滿足。

可是我終究還是不敢，我想我到底還是怕她，很怕很怕她。

機車旅行。

不知道為什麼，就算是大佬他們勸我別傻了，就算是陳媽以不煮晚餐為威脅、嘔氣阻止這機車環島旅行，但我就是執意想要這麼做，執意想要完成它；在我告別學生生活、進入現實社會工作的這段空白期，總覺得好像不這麼做的話，我就沒有辦法順利的面對這未知的未來。

雖然每個人都說沒問題、對於我這茫茫然的未來，我不知道自己和大人社會處不處得來，不知道，而且有點害怕。

『浩呆沒問題的啦！不管是哪家公司、什麼工作，肯定都是老闆疼、同事愛的最佳人緣獎得主的啦！』

這是大佬的保證。

而至於沙大則是冷了這麼一句：『對啦對啦，浩呆人緣好到連管理員伯伯都愛的啦。』

接著他老大就繼續把話題帶到關於他成功執行了被男人那個到底是什麼感覺的性體驗。

不理他，大佬又繼續拍拍我的肩膀試圖為我加油打氣。

只是，大佬越是這麼說，我就越是感到不安，因為我發現到他完全沒有提到我的美術才能，而其實我最不安的是，就算他刻意不提，我自己也心底明白。

我不像他們那麼有才能，看過我漫畫的人都知道，就算他們沒說、我也明白他們知道，可是我真的很喜歡畫漫畫，我告訴自己只要肯努力，應該就會成功的。

有志者，事竟成，不是嗎？

結果證明並不是，當我完成機車環島旅行回到台北家裡時，等待我的是既放心又還在嘔氣的陳媽，還有……還有一份又一份的退稿，看著上頭一份又一份的客套字句，我的心卻往下沉到谷底。

我只是很想要有套漫畫，我自己畫的漫畫，就算它不被歡迎只是沉默的被擺在漫畫店的角落沾灰塵也好，但為什麼卻這麼難？

我的夢想真的有那麼可笑嗎？

就是在那個既沮喪又失望的夜裡，我終於鼓起勇氣打了電話給奇奇，然後親見看到她的痛苦，她討厭透了的恐慌症。

而，不知道為什麼的是，當我陪著奇奇靜靜待到天亮時，望著她小小的套房裡透進來的細細陽光，我突然有個什麼懂了；確定奇奇已經沒事、並且很明顯的不希望有人陪時，我騎車回家，連線上網，然後開始投履歷，我知道大佬是希望我繼續在工作室裡替他跑業務的，但我也知道的是，我並不想再繼續依賴大佬了。

我覺得身體裡有個什麼改變了。

接著在連續幾天的面試之後，我得到了個小小的工作，很簡單很入門的DM排版，連我都會的那種，而薪水也沒話說的少，畢竟它不需要什麼才能而我又完全沒有工作經驗，不過我覺得那不是什麼問題，因為這工作既輕鬆又愉快，而且還能準時下班，這麼一來我就可以繼續畫我的漫畫，而且重點是，這裡離奇奇住的地方很近，我心想或許我們會比較容易不期而遇。雖然離我家遠得要命，雖然陳媽沒意外的又囉嗦了一堆。

在工作確定了的這個下午，我閒閒沒事的騎車回學校找詩茵，雖然她被畢業展整得很慘，不過詩茵還是很夠義氣的陪我到〈我和我追逐的夢〉去喝杯冰透了的百香紅茶兼瘋狂大聊天；當她聽完我的第一份工作時，她的第一個反應是：

『咦?那離奇奇的公司很近嘛。』

「呀是哦。」

我裝沒事的輕描淡寫回應，然而實際上我懷疑我的心臟已經笑到裂開了。

『那所以，這杯百紅就讓你請客吧，哈。』

「那有什麼問題，來個慶功宴都可以。」

『就我們兩個嗎？』

詩茵撥著她的厚劉海，而眼底是期待。

每當這個時候，我總是會知道怎麼把這個話題轉開，於是我又故作調侃的反問：

「妳真的很想跟我約會，對不對？」

『屁啦。』

哈。

「看要不要約奇奇嘛，上次她慶功宴、還沒回請她咧。」

然後詩茵尷尬了起來。

「怎麼啦？妳們吵架啦？」

『也不算啦，只是上次我們約吃晚餐，然後我因為趕畢業展遲到很久，她很生氣，我也不敢再打電話給她，所以也不知道她氣消了沒有……』

「那沒問題呀，我打給她就好啦。」

『說真的，你其實喜歡奇奇，對不對？』

對。

「屁啦！妳在亂講什麼。」

『你發誓？』

「我幹嘛要發誓呀？妳吃醋哦？」

『屁咧。』

又成功。

慶功Party，我們三個人，同樣是在上次的夜店，我突發奇想的提議不如我們三個人穿著制服紅外套去，而令我自己也意外的是，奇奇居然沒反對並且認為這真是個好玩的主意，甚至在電話裡笑著說她要記得帶相機。

慶功Party，穿著紅外套的慶功Party。

相較於詩茵的忐忑不安，奇奇倒是對於她們上次的吵架好像已經忘得一乾二淨。

雖然距離上次夜裡見到奇奇才不過一個星期左右的時間，但這次的奇奇感覺和上次的奇奇、甚至是以前的奇奇，又有著相當大的差異。

她整個人看起來氣色極好，她甚至嘴角漾著微笑，臉上總是充滿著防備與距離感的眼線已經不見，相反的，她素淨著臉龐，而且就是連手指上的黑色指甲油也清除得乾乾淨淨的。

看得出來她活得非常開心，打從心底開心，就像是三年前我第一次在工作室裡無意撞見的那個奇奇。

我是很想問她是不是戀愛了？可是我不敢，我怕她會收起笑臉青我一眼，我更怕的是當我這麼問了，而她愉快點頭承認時，我的表情會連自己都控制不住。

控制不住的失落。

而這個開心的奇奇，連粗線條的詩茵也發現，在察覺到奇奇已經忘記她們上次的吵架之後，詩茵小心翼翼的八卦問道：

『欸欸，妳是不是戀愛啦？我看妳連抱怨工作的表情都是笑耶。』

謝啦！詩茵。

『妳白痴哦！』

結果奇奇這麼回答，而笑容甚至漾進了她的眼底。

『所以到底是不是戀愛啦？』

『沒啦！』

謝啦！上帝。

『真的假的？是還沒、還是沒有呀？』

『沒有啦！』

『還是說、有個很棒的人正在追妳？』

結果奇奇青了詩茵一眼，於是詩茵識相的放棄了這打破沙鍋問到底。

『陳浩，你今天幹嘛一直耍悶呀？』

「沒啦，只是一想到真的要工作了，就覺得有點驚驚。」

『你找到什麼工作？』

奇奇好奇的問，於是我簡單的又重複了這工作這內容這薪水還有我的漫畫夢想，才想著剛好藉這機會提議以後我們或許可以一起午餐時，話就這麼的停在了舌尖，因為我看見奇奇揚著眉毛的表情，和大佬一樣的表情。

『你是當真想當漫畫家？』

「嗯。」

揚著眉毛的表情，大佬的表情。

「會不會其實妳和大佬復合了？」

我以為我這麼問了，但是我沒有，我也不知道為什麼我就是認為他們會復合；而終究我還是選擇了沉默，沉默的把玻璃杯裡的啤酒一飲而盡，然後聽著她們愉快而又熱烈的聊天。

『你耍悶就算了，幹嘛連酒都不喝啦？是不是怕到時候錢不夠付？』

突然的，詩茵又把話題轉向我，真的很奇怪，她幹嘛一直注意我呀？

「沒有啦，我怕等一下酒喝太多開車危險，到時候有個什麼小擦撞，我爸恐怕會把我捉起來吊陽台。」

『你白痴哦，哈～～』

真的是很奇怪，同樣的一句你白痴哦，為什麼詩茵說來就沒有奇奇的說服力？

在離開結帳時，奇奇示意要由她來買單，雖然她說的是：「等你領到薪水再讓你請吧。」但我明白她的意思其實是：「你那點小薪水就算了吧。」

因為在她們的聊天裡，我才知道原來奇奇的薪水已經是我的兩倍不止。

走出夜店之後，我依照距離的順序先送詩茵回家再送奇奇，在只剩下我們兩個人的單獨車程中，奇奇終於開口提起上次的事情：

『上次的事，很不好意思。』

「上次什麼事？」

我故意的裝傻，然後奇奇很滿意的笑了；好像判若兩人了，笑著的奇奇，和不笑的奇奇。

『不過，我真的是說到做到吧？』

「咦？」

『我會變好呀。』

「所以妳有乖乖吃藥吧？」

『沒，相反的，那天你走了之後，我立刻把那些藥全沖進馬桶裡。』

「愕。」

『我討厭吃藥，非常討厭。』並且：『我不相信藥，我相信意志力。』

之二

彷彿是坐了場雲霄飛車似的，這一個月以來的心情。

那天，當我銷假回去上班的那天，一大早的、老闆就推開我辦公室的玻璃門，當時只覺得心頭一涼，我知道他沒事不會在公司、更何況是這麼一大早，我更知道這是他第一次推開這扇門、打從我進公司以來；我猜到他大概是要來替協理傳達些什麼她自己不方便開口、而我不會想要聽到的消息。

『早餐吃了嗎？』

這是他開口的第一句話。

「欸。」

我點頭。如果黑咖啡也算是早餐的話，我心想。

『那還是陪賴總去吃早餐吧。』

「咦？」

『公司樓下轉角的Starbucks，別擔心、它可以抽菸，這就是老顧客的特權，哈。』

在賴總爽朗的笑聲裡，我暫時忘記了先前的忐忑，就這麼傻楞楞的跟在他身後走。

公司樓下轉角的Starbucks，兩杯熱咖啡，以及份量過多的餐點。

『老是一個不小心就點太多食物，我知道我得要注意腰圍，但沒辦法，我光是看到那些中文就想吃掉它們，哈！幫我一起吃吧！為了我的腰圍，也為了妳害我早起，妳知道。』

我知道，而且我有種被識破的難為情。

「你知道我沒吃早餐？」

『我知道妳『一向』不吃早餐，所謂的辦公室、妳知道，就算妳把自己關了起來，別人的嘴巴還是會張開的。』

我苦笑。

『而且我還知道妳昨天第一次請假，以及妳前天把自己關在辦公室裡一整天，說到這、妳的膀胱沒事吧？』

忍不住的、我就笑了：

「她們沒告訴你我其實有包尿布？」

『哈～～很好，不但有捉到我的笑點，而且還懂得怎麼回應了，有進步，很好！』用眼神盯著我開始吃可頌之後，他才繼續又說：『我就知道妳是個有幽默感的人，我雖然有腰圍困擾，但人、我從來沒看走眼過。』

「呵。」

『所以、妳沒事了吧？』

「嗯？」

『這次的開發季，妳真他媽的讓我們賠慘了。』

「如果賴總要請我辭職，我不會說第二句話的，因為我真的、很對不起。」

『在沒幫我賺回來之前，我是不會讓妳輕鬆走人的。』

「咦？」

那溫柔的眼睛筆直的凝望著我，像是在哄小朋友那樣的口氣，他溫柔說道：

『沒關係，妳太自責了，沒有誰是第一次就成功的。』

「你們也不是嗎？」

『非常不是，而且至今還沒成功過。』他爽朗的笑著，聳聳肩，又說：『但、那又怎樣？不然我們高薪請妳來幹嘛？』

「呵。」

『很好，這次是真的笑、不是客套的笑了。』

「什麼嘛。」

『在我面前不用假裝，沒關係。』

「嗯。」

『不過說真的，妳不笑的樣子冷冷的很有魅力，為了美化辦公室，我看妳還是繼續幫我們賠錢好了。』

「喂！」

『哈～～』

爽朗的笑聲，他的笑聲，既男人又男孩，他。

『不過我們歷年來賠的也沒妳這次慘，也是了不起，第一次就破公司紀錄。』

「……」

『哈～～我又成功把妳搞冷了。』

「嘖。」

『好了好了，不開玩笑了，多吃點，因為今天的工作會很辛苦又刺激。』拿出一個超級迷你的掌心相機，他繼續又說：『還好妳今天穿平底鞋，因為待會我們要去逛整天的街以及瘋狂的偷拍。』

「我們？」

『我們。』

逛街以及偷拍。

在計程車上我們快快的整理好所有百貨公司的路線，接著我們出發，一開始由賴總親自出馬而我在他身邊陪伴以及觀察，於是我才見識到他深藏不露的演戲天份，表面上他如同體貼男友那般，拿起一雙又一雙的新鞋問我意見、讓我試穿，我感覺到專櫃小姐以及所有人投以羨慕的目光，就是在這樣寵愛的行為底下，他不著痕跡的用掌心裡的迷你相機拍下所有的鞋款。

不著痕跡。

我發現我們有種犯罪的快感，我感覺好像回到了當初那個渴望變成設計師的小女生，我以為夢想就在我的手中，我明白力量重新回到我的手上。

「可以換我了嗎？」

走出女鞋樓層之後，我主動問。

『準備好了？』

「嗯。」

『比我預期的還快。』

於是他笑著把小小的數位相機交到我的手上，就在接過相機的那一剎那，我們的指尖相觸，我感覺到他指尖的溫度，我意識到我的手已經很久沒有被碰觸、被溫暖，孤零零的手指。

在那短短一秒鐘的觸碰裡，我聽見了無言的交流，我聽見愛情的聲音。

當手抽回時，我要自己別想太多。

再出發。

走進下一家百貨公司，我們已有默契的扮演情人而實則拍照，也不曉得是多久的時間過去，當我發現到自己好像太過投入時，是因為他懷裡抱著一只精美的鞋盒來到我的面前。

「你什麼時候？」

『真是太感傷了，我都離開這麼久了，妳居然沒發現？』

我尷尬的笑了笑。

『很好，工作狂，我欣賞。』

「……」

『走吧，收工了，我的腿走到快斷了。』

「可是我還OK耶。」

『……』

「好吧好吧，老闆最大。」

挑了家最近的喫茶店待下，才一走進店門口，他好像很不自在似的，說：

『這地方會不會太……？我知道附近有家法國餐廳，還是我們搭計程車過去？不塞車的話很快的。』

「沒關係啦，我以前常來這種地方，很自在。」

我和我追逐的夢，和陳富；本來我以為心情會是苦澀，然而連我自己也驚訝的是，我竟就對著他說出了這些，這些長久以來說也說不出的往事，陳富，還有我和我追逐的夢，以及那些的曾經，曾經的點點滴滴。

「突然的說這些，你會不會聽得很無聊？」

『不，因為我很喜歡聽八卦。』

「呿～～」

『哈～～不過我很羨慕哪。』

「嗯？」

『因為我沒有過那樣子的青春，所以剛剛聽妳用那樣子的口氣說起那些，突然覺得有點羨慕。』

「有錢人就算年輕時也不來這種地方約會嗎？」

『不，相反的，在那個時候我很窮，沒時間約會，因為要忙著賺錢。』

「白手起家？」

『完全正確。』

「乾杯。」

『嗯？』

「為了這個，乾杯。」

『白手起家？』

「不，為了成功。」

『呵，我喜歡。』

乾杯。

『這雙鞋，送妳，當作是今天的加班費。』

打開他遞過來的精美鞋盒，我看見一雙華麗的玻璃細高跟鞋美麗了我的視線。

『穿上它，沒有女人不性感。』

「咦？」

『這是它在美國廣告海報上的Slogan，不曉得是這句Slogan或是那Model太性感，總之這雙鞋在美國賣翻了，差不多是賣到翻過來又翻過去的那個程度。』

我於是立刻試穿，尺寸剛好但非常咬腳，站起來我試走了幾步，我不知道自己看起來性不性感，但我知道它不是一雙容易馴服的鞋。

『不怎麼好穿吧？』

「嗯，跟太細太高，楦頭也很不親切。」

『但女人還是瘋了似的買它，為什麼？』

「太美了，就算穿不下，也想擁有它，擺在鞋櫃裡光是看也滿足，就像是個祕密情人一樣。」

『很好，把這心情記下來，然後我要第二雙是由我們公司賣出去，而且是我們的代表作。』

並且：

『越美的東西，往往越是事與願違。』

越美的東西，往往越是事與願違……

走出喫茶店，外頭的天色已晚，而他突然的被什麼吸引住目光，順著他的視線望去，我看見電視上的娛樂新聞重播著今天的頭條：蔡依林因為合約官司於是演藝生命跌入谷底。

『可惜哪。』

「你也喜歡少男殺手？」

『談不上喜歡，我只是看好她。』

「為什麼？」

『覺得她的成就不會只是這樣。』

「但這種偶像歌手不就只是這樣？」

『雖然她現在只是個偶像歌手，但她不會只是個偶像歌手。』

「哦。」

『要賭嗎？』

「好呀。」看著娛樂新聞上的報導，我覺得我是壓倒性的會贏，「反正我穩贏的。賭什麼？」

『一個吻。』

我抬頭望著他，而他的眼底、迅速的換上偽裝：

『哈，我開玩笑的啦。』

揉著我的短髮，他笑著說，笑得不太自然；而我只是在想：只能是玩笑嗎？

而我只是在想，卻沒有勇氣說出口：我不想會錯意表錯情，我不允許自作多情。

我害怕自作多情。

『忘記是在什麼場合哪個時候，只記得那天我心情差透了，對自己失望得要命，然後我看到她在電視上唱著那電影的主題曲〈Because You Loved Me〉，突然很感動，好像力量透過歌聲重新又回到我的手裡了。』

最後，他又說。

我始終不知道他是在什麼場合聽見這首歌？是什麼心情？為什麼差透？我只是想起當時和陳富分手之後，我同樣聽著她唱〈The rose〉。

我後來才知道，當蔡依林人生跌入谷底時，我的人生，開始起步。

我後來才知道，和他在一起的這天，是我人生中最重要的一天。

Because you loved me ——

"You gave me wings and made me fly.
You touched my hand I could touch the sky.
I lost my faith, you gave it back to me.
You said no star was out of reach.
You stood by me and I stood tall.
I had your love I had it all.
I'm grateful for each day you gave me.
Maybe I don't know that much.
But I know this much is true.
I was blessed because I was loved by you."

第六章

有些男人就像貓，
總是把妳捉傷了，
卻又一臉無辜的看著妳。

之一

人生中最後的一天，往後回想我會這麼定義這天、就某種程度上而言，然而當時的我、置身其中的我，卻渾然沒有察覺，甚至是以某種自私、漠視的心態將它帶過，帶過這就某種程度而言、我人生的最後一天。

這天。

彷彿是什麼人什麼事全擠成了一團的這天，我照例是一到午餐時間就急巴巴的想要離開外出，而當時我的工作已經進入狀況——畢竟是再簡單不過的排版嘛、套句沙大的話——，而當時的同事們也已經都熟到可以互相開玩笑——反正浩呆到哪去都受歡迎、套句大佬的話——

『又要趕著去跟女朋友午餐約會啦？』

同事們好八卦的問，而我的回應是傻笑著默認，因為我發現我真的很喜歡這樣的誤解，儘管，奇奇並不是我的女朋友。

儘管，奇奇她從來就沒有愛過我。

和奇奇的午餐約會。

第一次開口邀約是最困難的部份，因為奇奇總給人一種她隨時準備好要拒絕別人的姿態，而果真我的感覺沒錯，因為當我才一開口，奇奇幾乎是連想也沒想的就直接拒絕掉：

『午餐？我沒胃口。』

「那、陪我吃可以嗎？」

『可是我懶得外出。』

「那，我買去給妳吃？」

『你這是在追我嗎？』

本來我以為奇奇會這麼問的，但是結果她沒有，她反而是問：

『你不是和詩茵在交往嗎？』

「沒有。」

沒有。

彷彿是把這輩子的勇氣配額全給用上了那般，最終奇奇還是答應了和我一起午餐，從那天開始的每一天；而地點總是在她公司樓下轉角的Starbucks。

是不是因為離她公司最近的關係呢？

奇奇總是只喝一杯黑咖啡，大杯的黑咖啡，我發現她對吃好像沒有什麼興趣，然而仔細回想，我好像從來也沒看過奇奇有過進食的動作。

『我知道我太瘦了該多吃點，但我就是沒胃口。』奇奇解釋。

當我提議請陳媽（也就是我媽）給她帶餐盒時，奇奇的反應。

還是拒絕。

習慣拒絕的奇奇，把自己關得太緊的奇奇，不知道為什麼，我就是愛這樣子的她。

不過，也有例外的時候。

例如說這天。

『你挺適合做業務的，你有親和力，也給人信賴感。』

這天，奇奇心情好像很好似的，當她聽完我的工作時，她難得不是只抽菸，卻是開口給了我這麼個意見。

『我們老闆就是做業務起家的，他本來也是學設計，但後來證明他確實是適合業務，呵～～』

奇奇笑，笑得很甜、但我卻看得很酸。

我們老闆，我不知道這個人是誰？長得什麼模樣？為人好不好？但我沒有辦法不發現他越來越經常出現在奇奇的話題，我發現好像只有在談論工作還有他時奇奇才會比較快樂些。

我要我自己別想太多。

『下班後可不可以請你幫我一個忙？』

「好呀。」

『問也沒問什麼忙就直接答應？』

因為我從來不會拒絕妳，而妳可不可以知道這一點？

『我不是很喜歡麻煩別人的個性，所以如果不方便的話也沒關係。』

別人？我依舊只能是妳的別人嗎？

「什麼忙呢？」

『幫我把床搬走，我試了好久，可是一個人真的搬不動。』

低垂下長睫毛，彷彿正在說什麼討厭的事情那樣，奇奇這說話時的表情。

其實妳知道嗎奇奇？需要別人並不丟臉，不丟臉。

『我在想可能是床不好的關係，它害我失眠，很失眠。』想了想，奇奇決定還是說：『其實從那次之後我就不敢再睡它了，我怕又發作，那會很討厭。』

恐慌症，奇奇連說也不願意說的三個字。

「妳有聽醫生的話吃藥嗎？」

『沒有，用不著吃藥，是那張床的問題，把它搬走就沒事了。』

還想再說些什麼的時候，我的手機響起，而打來的人是大佬，大佬的聲音聽起來很陌生的感覺，大佬用一種很陌生的口吻，問：

『在和女朋友午餐約會哦？浩呆。』

「沒啦。」

『那幹嘛壓低了聲音說話？』

「……」

『什麼時候也介紹你馬子給大佬認識認識嘛。』

「我現在不方便說話。」

『但我有非—常非常重要的事找你談耶。』

「你喝酒囉？」

『對，喝了一整夜。』嘆了口氣，然後苦笑，『別管這個了，你下班後來找我？』

「我下班後有事了耶。」

『那好，你忙完來工作室找我，是哥兒們就來找我，我等你。』

然後大佬就掛了電話，然後我有種不對勁的感覺。

『你有事的話改天也沒關係。』

「不，不是什麼重要的事。」

我快快的回答，然後我看見奇奇嘴角的欲言又止，而終究她還是把原本說到了嘴邊的話收回，只燃起一根香菸，讓飄起的煙霧恰到好處的模糊我對她的視線。

『我前男友昨天突然跑來找我。』

突然的、奇奇又說，而她的眼神不是看著我、卻是迷離的擱向我身後。

「你們還有聯絡？」

『沒，所以我也覺得奇怪。』

「然後呢？大……你們說了什麼？」

『時間到了。』

「咦？」

『午餐時間結束了，我得回辦公室了，下班見，不會擔誤你太久時間。』

奇奇快快的說，然後起身離開。

轉頭望著奇奇離開的背影，我只覺得心臟幾乎就要跳出喉嚨了，因為此時我才發現原來一直就坐在我身邊那桌的沙大。

原來奇奇剛剛是發現他了？

『大嫂變了很多呀，不過還是一樣正。』

換過來了我這桌，沙大不懷好意的笑著說。

「你怎麼會在這裡？」

『這要怪你呀，最近都不來工作室找我們玩，見色忘友的狗東西！害我們無聊的就開始玩起了跟蹤遊戲。』

往下沉，我的心直往下沉。

『不過個性還是完全沒變喏，早就發現我在對面了，還能面不改色的裝陌生，哎～～真白費了當年我還幫大佬追過她哩。』

「大佬知道嗎？」

『要不他幹嘛剛剛打給你？』

往下沉，我的心直往下沉。

『安啦浩呆！』把手擱在我肩上，沙大擠眉弄眼的不正經：『沙大我和大佬不一樣啦，這方面的事比他看得開。』

「不要再叫我浩呆了可以嗎？」

推開沙大的手，我說。

『喲？不想當我們的浩呆啦！嘖嘖嘖，愛情力量大，浩呆要長大，哈～～』

「不是你想的那樣。」

『哎～～隨便啦，倒是——』挑釁著，沙大挑釁著問：『倒是這個大嫂你愛，我家女人你就不碰？這未免也太不識貨了吧？你大嫂她——』

忍無可忍的，我一拳揮向沙大，在他措手不及的眼神裡，我看見我們的友情，死掉。

死掉的還有我和大佬的友誼。

當我趕到工作室時，大佬人就坐在那塵封了好久的日式臥房裡，而他手邊擱著的，是啤酒。

「你怎麼又喝回啤酒了？」

『因為突然很懷念以前的那個自己。』大佬說，轉頭他看到站在日式臥房外不知道該不該、能不能進去的我，大佬笑著說：『嘿！進來呀，現在沒關係了，這個地方沒關係了。』

「和我想的不太一樣，這地方。」

『嗯？』

「以前我遠遠看過一次，那時候你門忘了鎖——」

『那時候我和奇奇還交往。』

「……」

抬頭，看著我，大佬突兀的說：

『我們都認識幾年了，可是最近我常常會看著你，然後很奇怪的感覺到，其實我壓根不認識你這個人。』

「突然的、說什麼呀。」

『什麼時候的事？』

「嗯？」

『奇奇，你和奇奇，什麼時候的事？』

「我們……不是你想的那個樣子，她只當我是朋友。」

『我想也是。』

我想也是。

大佬平平淡淡的說：我想也是。然而我覺得搞不懂的是，為什麼這平平淡淡的四個字，結果卻讓我有種受傷的感覺？

「你怎麼知道的？」

『偷看你手機的，女朋友，你給她這代號？』

我的理智在燒，我的憤怒在燒，我的……私密的、微不足道的期望，在燒。

我替自己感到可笑，我情願大佬狠狠的嘲笑我一頓，可是他沒有，他自顧著說：

『本來只是想知道浩呆的女朋友是個怎麼樣的女生，所以那天我們就把號碼偷記下來然後打過去，當我聽到她的聲音的時候，我整個人傻住了，只是一聲：「喂？」你懂我意思嗎？只是一聲喂，都足夠讓我整個人傻掉。』

「……」

『你知道我每年每年生日的時候都會打手機給她，可是每年每年得到的回應都是空號，你懂我意思嗎？這麼簡單的一聲喂，但我每年每年都落空，我找她不到但憑什麼你？你甚至——』

「配她不上，我知道。」

嘴邊揚起一抹笑，同意的笑，大佬幾乎是不帶任何感情的問：

『這世界上有那麼多女生，一大把的女生，幹什麼你偏偏要動我的奇奇？』

『我把你當兄弟！親弟弟！結果你背著我偷把我女人？』

「她已經不是你的奇奇了，大佬！」

「她已經不是你的奇奇了，大佬！」

『你給我閉嘴！只要我還愛她、她就還是我的奇奇！』

「她已經不是你的奇奇了！大佬！」

『你他媽的給我閉嘴！』

把啤酒罐連同拳頭砸向我，大佬的拳頭結結實實的落在我的身上，狠狠的那種；而我沒有回手，因為我不會對大佬動手，因為我也當他是哥哥，而且我沒想到原來大佬也有眼淚，也會哭。

不確定從什麼時候開始，大佬的拳腳開始變得虛弱，大佬虛弱的抱著我，哭泣；像個大孩子似的，哭泣。

『她不愛我了，奇奇……她不愛我了……』

「……」

『我從來就不想要和奇奇分手，我只是想要她在乎，可是……她不愛我了，她曾經還愛我的，還需要我的，在她來找我的那次，我很氣，真的只是氣，隨便找了個女生來氣她，可是我沒想到她這麼倔，就換了號碼，就讓我找她不到……』

「大佬……」

『幫我個忙，可以嗎？』

「嗯？」

『不要再見她，我們當這事沒發生過，繼續當我們的好哥兒們。』

「為什麼？」

『因為我不想要每次看到你，就想起她，那太痛了，太痛了。』

「對不起。」

抬頭，大佬冷冷的凝望著我，我從來就害怕大佬的沉默，每當大佬沉默時、我就會知道該閉嘴別再說；可是不知道為什麼，這次，我堅持往下說去：

「記不記得那次阿台放假回來，我們一起去三峽那次？」

『嗯。』

「我問你們，怎麼樣才算喜歡上一個女生？」

『嗯。』

「就算心知肚明對方不可能會愛上你，甚至只是接受，但你就是沒道理的想要看到她，想要和她在一起，只是在一起。這就是我的答案。」

『不要再說了。』

「你們當時說了很多，每個人都說了很多，可是都沒有人問我：那浩呆你呢？沒有人問我，一直一直就是這樣。」

『不要再說了！』

「和她在一起的時候，我覺得我比較可以做自己，而不只是一個耳朵或者在需要的時候回應一聲，這樣而已。」

『就算她不愛你？』

「就算她不愛我，但我就是喜歡和她在一起的那個自己。」

『浩呆——』

「而且，我再也不想當浩呆了。」

『……』

「所以，對不起。」

起身，我離開，而大佬的聲音，冷冷的在我身後響起：

『浩呆……』

我停下腳步。

『走了就不要再回來。』

「大佬……這個世界，不是以你為中心而運轉的。」

我說，然後繼續往前走，然後離開。

離開這個佔據我生日蛋糕上五根蠟燭的工作室，從此沒再回來過。

直到多年後，大佬重新找上我。

之二

我就猜到那通電話是陳富，很奇怪，曾經深刻過的感情，有時候僅是電話那頭的沉默，都足以猜出是對方。

當時電話沉默了三秒鐘然後乾脆的掛斷，接著隔天，他再度響起，而這次開口：

『好久不見。』

久違的聲音，陳富的聲音，三年前我曾深愛過、也依賴過的聲音。

「你還是沒換號碼？」

而這是我開口的第一句話。

『妳還記得我的號碼？』

「不記得也沒忘記，剛剛才認出來的，你怎麼知道我的號碼？」

『陳浩，妳的朋友，我的朋友，意外嗎？』

不意外。

只是沒想到這一天來得這麼晚，或者應該說是，這麼早。

太早，也太晚。

『我一直在等妳打給我，這就是我沒換號碼的原因。』

話裡有指責，我聽得出來，於是我反擊：

「三年前我打給你過，記得嗎？你還摟著個女孩的那次。」

我們最後見面的那次。

而我只覺得可笑的是，儘管是在三年不見後的今天，我們面對彼此的姿態，依舊是戰鬥的姿態。

『我是故意氣妳的，奇奇！我很生氣，還生氣，妳說了分手，然後一整年沒打電話來，我——』

「你不也是？我說了分手，然後你瀟灑的說那好吧，接著一整年沒打電話來。」

嘆了口氣，陳富決定捨棄這個僵掉了的話題，避開我們再度的爭吵，從前從前每次的爭吵，從前的我們，從前。

也是，都三年的時間過去了，我們也都該有點長進。

『妳後來好嗎？奇奇？』

「現在才問會不會太遲了？你三年的那天前就該問了，不是嗎？」

『奇奇！我不是打電話來跟妳吵架的，妳可不可以不要老是這麼刺？』

「所以你是打電話來告訴我，我應該是怎麼樣的人？」

嘆了口氣，陳富又嘆了口氣：

『我可以見妳一面嗎？我……很想妳。』

不要用這種口吻跟我說話，這曾經讓我失陷的脆弱口吻、這全世界上唯一需要的好像只有我的依賴口吻，不要……不要了。

「恐怕不方便，因為我很忙。」

『只要見一面就好，讓我看看妳就好，好嗎？』

「我過得很好，我要掛了。」

『奇奇──』

我聽見電話那頭明顯的脆弱還有依賴，我不明白為什麼在三年後的今天陳富還要打電話來，我只聽見電話這頭我心軟的瓦解，我聽見自己嘆了口氣，然後說：

「我去找你。」

『我去找妳吧，外頭下雨。』

「沒關係，我坐計程車過去。」

『妳是不想讓我知道妳住哪？』

「對。」

嘆了口氣，陳富妥協：

『那好吧。』

曾經深愛過的男人，終究還是拒絕不了，我討厭這樣的自己。

我去到地下室找陳富，或者應該說是，陳浩他口中的工作室，以及大佬。

地下室變了很多，幾乎已經不再是我記憶裡的地下室，已經完全性的變成了陳浩口中的工作室，而至於這地方的主人——

『和妳想像中的一樣嗎？這工作室？』

他還記得當年我們曾經有過的約定：把這個地方改建成為我們的工作室，既生活也工作的地方；他還記得，也遵守了，只是、也太遲了。

「不太一樣，那個撞球間我沒見過，而且這沙發也太痞了。」

『呵，我故意的，我就知道妳會這麼嫌它，當我去買沙發時，我就心想如果奇奇看到了，她的臉不知道會皺成什麼樣子。』

「你還是沒怎麼變。」

除了頭髮留長了些，陳富幾乎還是我記憶中的模樣，那寬寬的嘴角，那厚實的大手，那、不肯安定的眼神。

『妳倒是變了很多啊，奇奇。』把菸捻熄，陳富筆直的凝望著我，說：『雖然一時間又說不上來是哪裡變了。』

我微笑，百感交集的那種。

三年……

「只是朋友。從朋友的朋友，變成是朋友。」

『那我呢？』

「曾經深愛過的人，後來連朋友也當不成。」

把高大的自己埋進沙發裡，陳富不讓我看清他此刻的表情，在黑暗裡，他彷彿自言自語般的，說：

『那天我做了一個夢，那天、就是第一次打電話給妳的那天。本來我滿心以為聽到的會是浩呆他神祕女友的聲音，我和阿沙還準備好了要鬧她，可是沒想到接通之後竟然是妳的聲音，三年了、奇奇，就算已經三年的時間過去，只是一聲喂、我還是立刻就能夠認出，三年了……三年。』

而你甚至只是沉默，我也認出了，陳富。

我心想，我沒說。

『這三年來妳有過別人嗎？』

「關你什麼事。」

『我真的需要知道……奇奇，我真的需要知道，不管是肯定或者否定，都告訴我，好嗎？』

「為什麼？」

『我不曉得，可能因為我還是放妳在心底吧。』

「陳富——」

『我想說的是愛、其實，但我想妳應該不想聽到吧，所以我只好改口，這樣可以嗎？好奇怪，為什麼分手之後，愛反而卻變成是負擔？』

我不知道，我只好回答我知道的答案：

「沒有，我只有過你。」

『謝謝妳。』

「不是因為你，只是單純的沒有再遇到，愛情不是我的需要，我不會因為需要而愛情。」

『我知道。』

那你呢？

我心想，我沒問，拉不下臉問。

『那天晚上我就做了個夢，場景就在那個日式臥房，這裡什麼都變了，就那房間沒變，沒變，也不允許任何人進去，因為那是我們的地方，我們很多的回憶都在那裡；第一次妳讓我吻妳，第一次我緊緊抱住妳，第一次、我覺得自己是完整的，第一次……我覺得我擁有全世界。』

抬起頭，陳富望向我，而我，把臉轉開。

男人就像貓，總是把妳捉傷了，卻又一臉無辜的望著妳。

『妳笑我吧沒關係，而我只是希望，就算留不住我們的感情，起碼，我可以凍結我們的回憶，如果可以的話，我甚至想用保鮮膜封住它。』

陳富試著開玩笑，不過不太成功。

『那是一個扭曲的夢，日式臥房變得好小，小得很壓迫，而妳也是，比例變得好小，小小的，像個洋娃娃似的；大男人，妳老是這麼說我的吧？是呀我是大男人，以前每天我都想要妳的世界只有我，這世界上妳唯一需要的只是我，如果妳是洋娃娃般的女生，那麼、我們就可以幸福快樂了，不是嗎？可是妳從來就不是這樣的女生，對吧？』

對。

「夢的結局是什麼？」

陳富沒有回答我，陳富彎腰把臉埋進膝蓋之間，用他大大的手，捂住臉：

『這三年來，我每天每天的問自己，如果三年前的那天，我的姿態不是賭氣不是倔強，那麼、現在的我們，是不是就可以不一樣了？』

「陳富……」

『我們可以重新來過嗎？奇奇？我可以改變，我一定改變——』

「但那就不是陳富了，不是我愛過的陳富了，不是嗎？」

我說，然後走向他，抱著他，讓陳富的眼淚，浸溼我胸前心的部份。

我覺得自己好像一分為二了，在此時的此刻。

內心的那個自己，是很想要告訴他，就算重新再來過，結果還是會一樣的；我們再一次的嘗試，我們再一次的妥協，然後、我們再一次的失敗，因為我們終究不是彼此對的人，我們都太愛自己了；因為陳富是那種永遠不會變的人，而我、卻一直在變。

然而，內心之外的這個自己，卻走向他，抱住他，就像多年前的第一次那樣，只是，角色互換了，而心情，不再了。

不再。

日式臥房。

在黑暗中我起身，試著不驚醒熟睡中的陳富；穿衣，我轉頭望著已經指向凌晨的鐘，直到這一刻，我才真實的明白到：回不去了。

回不去了。

以前就算再失眠，只要在陳富的懷裡，只要有他抱著我，感覺他的溫度他的氣息，總是就能夠安穩的睡去，可是現在……不行了，都變了，行不通了，回不去了，因為愛情，死掉了。

死掉的愛情怎麼回去？

最後凝望著陳富的背影，在黑暗中，在寂靜中，我無聲的道再見。

起身，正欲離去時，這寂靜的黑暗卻被打破：

『妳要走了？』

「你沒睡？」

還是背對著我，陳富的聲音裡帶有眼淚：

『如果都是要失去妳，那我寧願在清醒中接受。』

「……」

『我還是留不住妳，對吧？』

對不起。

『本來以為夢和現實是相反的，但結果沒想到卻是個預知夢。』

「嗯？」

『關於妳的那場夢，妳問我結局是什麼？結局是妳離開我。我不說，是因為以為這樣就可以不會成真。』

「……」

『如果妳還想問的話，那麼夢裡問我的人是妳。在夢裡，妳問我，如果當初妳不賭氣不倔強的話，那麼後來的我們，是不是就可以不一樣了？』

「一切都變了，陳富，這三年來，都變了。」

『可是我沒變！』

『只是，就算固執著不變，還是挽回不了我們，是嗎？』

「……」

「再見了，陳富。」

『我們還能再見嗎？』

「或許三年後吧。」

留下這個賭氣的倔強約定，我離開；離開時我把手機留在日式臥房的門邊，我想他會明白我的意思。

在走上樓梯的時候，我最後回頭凝望始終背對著我的陳富，我只是在想：如果三年後我們真的再相見，不知道那時候的我們，會是什麼模樣？能不能那尊貴的細長眼不再是悲傷以眼淚，而是那寬寬的嘴角，漾著我熟悉的笑？

而我只是在想。

彷彿是個分界點似的，在那之後。

在那之後，我經歷了人生中第二次的新陳代謝，我經過了一陣子沒有手機的生活，每天絕大部份的時間幾乎都待在辦公室裡、樣品室裡，度過我人生中第一個成功的開發季。

當忙碌的開發季結束那天，我一個人佇立在落地玻璃窗前，靜靜遙望著窗外街道上凌晨三點鐘的台北街景，那是第一次，我覺得寂寞是件好事。

開發季結束後的不久，海外市場傳來訂單的好成績，獲利遠遠超過之前我所創下的虧損，接著下個月，我的薪水得到大幅度的調升，還多了個助理；在新的開發季之前，賴總決定搬公司換到獨立的建築，公司從原來的小格局逐步拓展，拓展，而我分配到的，是擁有獨立衛浴的辦公室。

『老是待在辦公室裡不出來，沒辦法我只好給妳加個廁所，否則我對妳的膀胱不起。』

賴總笑著說，並且：

『如果妳懷疑這是在討好妳的話，那麼答案絕對是對的！我不隨便討好人的，不過我想妳值得我討好，我從來就相信我的眼光；而且妳放心，花在妳身上的每一分錢，我相信妳都會幫我好幾倍的賺回來。』

以及，拉斯維加斯的大展邀請。

『妳從沒出國過？』

這是當我說自己至今還沒出國過時，他的第一個反應：驚訝。

『為什麼？因為害怕坐飛機嗎？』

「不，只是單純的從小家裡窮，所以沒機會出國。」

『那這次的展？』

「我很期待。」

『買個好一點的行李箱吧，因為以後妳會經常用到的。』

最後，他這麼說。

第七章

愛
永遠是感情變質的最初
及最後

之一

我幾乎可以想像大佬當時的表情。

當我打了奇奇的手機，結果接的人卻是大佬時，錯愕以及憤怒，還有、被隱瞞的羞惱，當大佬打給他誤以為的我的女朋友，但結果接聽的人卻是奇奇時，大佬當時的表情，我現在的表情。

錯愕、憤怒，還有、被隱瞞的羞惱。

『她走了，奇奇派的作風。』這是大佬開頭的第一句話，『浩呆，或許你說得對，這個世界並不是以我為中心而運轉的，可是你不得不承認我說的也對，奇奇是沒可能愛上你的，因為我了解她。』

大佬說，然後我掛了他的電話，這是認識大佬的這麼多年以來，第一次，我掛他電話。

太過直接而又赤裸的話語，斷絕了我們友誼繼續的最後可能。

她走了。

走了。

她……

每天午餐我還是依舊去到奇奇公司樓下轉角的星巴克午餐，雖然我還是打心底吃不慣星巴克，而如今也更沒必要勉強自己吃它了，但我就是害怕錯過，害怕錯過在這裡遇到奇奇的可能；只是，我從來也沒遇過奇奇。

我想過直接到奇奇的公司找她，可是我不知道她公司的名稱，我在心底拼了命的回想著，但、怎麼就是搜尋不到奇奇曾經說過她公司的名稱，我只記得她提過她的老闆，她的工作，除此之外，就沒其他明確的名字了；抬頭我望著這棟氣派的商業大樓，我感覺到自己的渺小，我悲哀的想要哭泣。

——奇奇是沒可能愛上你的，因為我了解她。

可是大佬你知道嗎？其實不用你說、我心底也明白，只是大佬你不明白的是，我和你不一樣，打從骨子裡的不一樣！我並不想要世界以我為中心而運轉，如果可以的話，我甚至希望活在這個世界之外；我只想要奇奇，待在她的身邊，坐在她的對面，望著她的臉，明白她還在，只是這樣就可以。

儘管她不愛我，打從心底沒可能會愛我，但，也好。

也好。

我的要求就只有這樣，可是為什麼連這樣卑微的要求，你都要剝奪？

在連續一個星期下班之後去到奇奇的住處守候，結果卻每每只是撲空時，我終於明白大佬所謂的『奇奇派作風』是什麼意思。

隔天我向公司請了兩天假期，隻身我前往哭泣湖旅行，我知道這樣很蠢，真的很蠢，但我只是心想、或許奇奇會正好也在那裡也不一定。

奇奇不在那裡。

也是，奇奇早已經不再是那個奇奇，奇奇一直在變，打從我第一次遇見她開始，奇奇就一直在變；她的人生一直往前走，而我、卻始終在原地踏步，走不進她的世界，就是連、在她對面，也被剝奪。

你教我怎麼不恨你？大佬。

在哭泣湖畔發了好半天呆之後，我終於想起要打個電話給詩茵，我只是心想就算再決裂，奇奇總沒可能連詩茵都捨棄吧？

希望不要，不要……

『嘿！大忙人，你該死了你！說好要來看我的畢業展的，結果居然晃點我！害我空等了一下午耶！』

電話接通，傳來的是詩茵神采奕奕的聲音，我覺得好奇怪，奇奇都已經不見了，為什麼妳還能這麼精神？

『……現在我都已經快升大二了──』

「大二？」

『吼～～你該死了你！該不會是連我考到了哪間大學也不知道吧？』

我苦笑。

『怎麼了？為什麼聲音聽起來很沒有精神的樣子？工作不順利嗎？』

很順利，順利得不得了，順利到我向老闆說想請假就准假；大佬說得對，反正浩呆到哪去都受歡迎，只是，那又怎樣？奇奇不見了，我想要的只是站在她世界的對面，用最適當的距離看著她、關心她，只是這樣也沒有了。

那又怎樣？就算世界開始以我為中心而運轉，又怎樣？

「嘿，奇奇最近有跟妳聯絡嗎？」

『很少呀，怎樣？』

「其實沒什麼事啦，只是有個東西要拿給她，可是打她手機──」

『她換門號，還沒辦新的，你不知道嗎？』

不，我不知道，我知道她為什麼換門號，可是我不知道為什麼她要連我也捨棄。

『吼～～我還以為你會每天去纏著她咧。』

「嗯？」

『你們公司離得很近呀，不是嗎？』

所以詩茵並不知道每天我找奇奇午餐？奇奇沒說？在她的世界裡，我連個隨口聊到的話題也不是？

「是呀，那妳知道要怎麼找到她嗎？我這東西急著要給她。」

『什麼東西呀？』

「不關妳的事啦。」

『哦……如果是吃的你就直接扔了吧，因為奇奇要等到下個月才回來哦。』

「下個月？」

『對呀，她去拉斯維加斯出差，你不知道嗎？我還以為你是她的頭號粉絲咧。』

鬆了口氣，我徹徹底底的鬆了口氣，原來奇奇還在，我還找得到她，鬆了口氣。

『說真的，你喜歡她對不對？』

「屁啦妳在亂講什麼，妳才喜歡我咧。」

『屁！』

有這麼明顯嗎?會不會這就是奇奇躲我的原因呢?

——你不是和詩茵在交往嗎?

——沒有。

我回想起當奇奇問我這問題時的表情,我想起當我明快否認時,她眼底的防備;如果這是奇奇想要的關係、她女友的男友。

「喂,妳晚上有沒有空?」

『幹嘛?你要請吃飯哦?』

「對啦,還順便請喝酒啦,如何?」

『哦哦,你不是陳浩,陳浩沒有這麼好!』

「再囉嗦就拉倒。」

『好啦好啦,你來接我?』

「嗯,我到了打電話給妳。」

『好呀。』

在詩茵愉快而又興奮的聲音裡我掛了電話,然後生平第一次感到自己真的混帳。

可是沒辦法,如果這是奇奇願意接受我的唯一方式,那麼我願意,打從心底的願意,只要奇奇、願意讓我再站在她的世界對面，用適當的距離，望著她，守護她。就好。

『簡單得要命。』

我想起沙大曾經教過我的。

『如果那妞對你也有興趣的話，你根本連問也不要問，什麼——我可以吻妳嗎——呸！少女漫畫裡的無聊垃圾，你就是直管把她一把捉過來然後親下去，錯不了！女孩子喜歡這樣，她們只是不好意思承認而已，相信沙大總沒錯！』

「那如果對方對我沒意思咧？」

『那頂多只是挨一巴掌呀，又不吃虧，而且還是賺到。』

「……」

在走出我家牛排館的街道上，我把沙大曾經教過我的原封不動實驗在詩茵的身上，然後我發現沙大沒蓋我，因為詩茵沒說什麼，她只是臉紅，然後緊張的搓著她的厚劉海。

『要上就更簡單了，你根本也不要問說——那請問我可以上妳嗎——笑死人！連少女漫畫都不用這種無聊對白，就是儘管很自然很大方的提議附近有家Hotel還不錯，如果那妞沒說什麼的話，那你瞭吧？』

詩茵沒說什麼，我們找到附近一家賓館，在付了錢之後，她還小聲的問我是不是該買個保險套。

我發現她好像比我有經驗，然而實際上這都是我們的第一次。

關於第一次的經驗、沙大死也不告訴我，倒是阿台大大方方的說了：

『通常都尷尬，因為太緊張很快就出來，那如果你馬子也是第一次的話，那肯定更糗，因為她會很緊而且很痛，要命的是還不容易溼，這樣連你都會痛。』

並且；

『早日脫離處男啦、浩呆，這樣你拿什麼臉在我們工作室混下去呀？』

阿台呀……我終於如你所願脫離處男了，只是工作室……也回不去了。

回不去了。

『感覺怎麼樣？』

當我離開詩茵的身體之後，這是她開口的第一句話，而表情是難過。

「咬咬的。」

我回答，而果真阿台說得沒錯，我很快的出來，不過就當阿台說的是真的吧：男生十個有九個通常都這樣啦！剩下的那一個是在臭蓋、不用信他沒關係。

「妳呢？」

『憋憋的脹脹的，好像還腫起來了，而且還流血，好痛；第一次好像都會這樣。』

「嗯。」

『你也是第一次嗎？』

「嗯。」覺得很累又很煩，於是我問：「妳要不要先去沖澡？」

『好呀。』起身穿衣，在越過我面前時，詩茵像是突然想到了似的，問：『所以，我們是在交往嗎？』

「嗯。」想了想，我覺得好像應該要多說一點，於是我又說：「對呀。」

『下次應該會順利一點吧？』

「反正沒可能更差了。」

然後詩茵一副快要哭出來的表情，我只得趕緊補充：

「逗妳的啦！我會多看A片學習的啦。」

『不是問大佬他們嗎？』

我沉默。

『我以為你們沒事就在聊這個耶。』

以前是，但沒以後了。

我試著沒事般的回答：

「聊是一回事，實際做又是一回事呀，看A片比較準啦。」

『哦。』

「妳要不要去沖澡呀？不然我先去囉？」

『好啦好啦。』

好不容易詩茵終於閉上了嘴巴走進浴室，但沒一會，她卻又探出頭來。

「什麼東西忘了拿嗎？」

『沒有啦，我只是想到一件很重要的事情忘了問。』

「剛剛有戴啦。」

『不是啦，是那個那個……』

我差不多快要不耐煩了，於是詩茵不再那個這個，而是趕緊小小聲問道：

『你、愛我嗎？』

對不起。

「不然幹嘛跟妳上床？」

對不起。

『我……』

「又怎樣呀？」

『我只是想跟你講，人家也喜歡你很久了而已啦！幹嘛那麼兇。』

扮了個鬼臉，然後詩茵用力關上門；而我，只覺得悲哀的想哭。

悲哀的想哭。

對不起。

當妳不熟練的脫下衣服時，當妳怯生生的把身體展開於我時，當妳緊咬下唇強忍住痛時，當妳……我腦子裡想的都是奇奇，我想像奇奇，想像她和大佬，我想像——

對不起。

真的，對不起。

不無恥，怎麼愛？

我想起大佬曾經說過的這句話，我想他說得真對。

之二

小時候我跟著爸爸在高雄的小港住過一陣子，每天只要抬頭就可以看見飛機在天空上飛，這是我對小港這地方唯一的記憶了；那時候我總想像著坐飛機是什麼感覺呢？應該很棒吧？可以在那麼高的空中飛著，把這個世界遠遠的丟在腳下，那一定很棒！

很棒。

從那時候開始我就一直好想要坐飛機，可是直到現在我終於才坐上了飛機，而原來感覺並沒有後想像的那麼棒，我反而有點害怕。

害怕。

爸爸這輩子從來沒有坐過飛機，連去澎湖蜜月旅行都是搭船去，沒辦法，爸爸太窮了，爸爸的畫賣不出去，那都是些很好的畫，但就是賣不出去，爸爸最大的願望就是開個畫展，可是沒有人要幫爸爸開畫展，因為他們說沒有人喜歡賠錢；我常在想長大後要賺錢買爸爸的畫，可惜來不及，那些畫後來都被爸爸燒掉了，我知道的時候很生氣，真的很生氣，那是我唯一一次生爸爸的氣；爸爸只會畫畫，爸爸也只想畫畫，我搞不懂這樣子的爸爸、媽媽當初為什麼會願意嫁給他？因為媽媽很虛榮，不只是爸爸這麼樣說而已，每次他們吵架時爸爸總會罵媽媽是個永遠不會滿足的女人，所以那次我前男友這麼說我的時候，我很生氣，真的很生氣，所以我說了分手，雖然那時候還很愛他。

雖然。

我想可能是因為爸爸很帥的關係吧！呵，沒在臭蓋，我爸爸真的很帥，真的很帥，而且……永遠也不會老的；可能也只是因為單純的就是愛上了吧！我想，愛到想要有他的孩子，雖然是超級害怕痛的那種體質，但就是暈了頭而且連呼吸都亂了的想要有個和他的小孩，他的眼睛他的鼻子他彎彎的嘴角……媽媽是這麼說的，當他們感情好的時候；只不過媽媽更常說的是：愛和幸福是兩碼子事，和愛的人一起生活，生了和他的小孩，不見得就會幸福。媽媽經常這麼告訴我，因為生活裡有現實，而現實太殘忍了，尤其對藝術家而言。

殘忍。

我不知道幸福是什麼，不過和爸爸在一起的時候我常常覺得很幸福，雖然我們坐不起飛機，吃不起好東西，也穿不起漂亮衣服，鞋子總是撿親戚姐姐們的舊鞋子穿，衣服我無所謂，可是不合腳的舊鞋子會讓我覺得好丟臉，不過總歸而言，和爸爸在一起的時候總歸是幸福的。

快樂。

不會像後來那樣心情常常不好，沒道理的就沮喪，我知道人是該快樂的、這樣身邊的人才會也快樂，所以我也努力著想要讓自己快樂一點，或者起碼、讓別人覺得我看起來快樂，讓他們放心，不要害他們也不快樂；可是沒辦法，我真的很努力了，但就是沒有辦法快樂，越是拼了命的想要讓自己快樂，就越是搞砸了的對自己感到失望。

失望。

爸爸走的那天我很失望。

我記得很清楚，那陣子他們又吵架所以媽媽離家出走，而我因為工作的關係，所以晚餐都是爸爸在負責，爸爸很不會煮飯，爸爸只會畫畫，爸爸很會畫畫，可是爸爸不願意妥協畫些別人願意買的畫，爸爸只想畫他願意畫的畫。那陣子爸爸只好滷了一鍋豬腳讓我們配白飯吃，爸爸花了一下午時間滷的豬腳，可是很難吃，真的很難吃，我們吃了好幾餐都吃不完，可是丟掉又浪費、而我們又沒錢浪費；那天我工作很不順利，忘了做錯什麼事被設計師罵了一頓，回到家看到餐桌上又是那鍋豬腳時，我藉題發揮發了頓牢騷，而爸爸沒有說什麼。

沒有。

爸爸對我比對媽媽好，媽媽發牢騷爸爸會吼她，可是我發牢騷爸爸卻只是淡淡的說了聲對不起，然後起身走回房間，隔天我出門上班的時候爸爸還沒起床，當我再看到爸爸時，是在醫院的走廊上，連病房都不用進去了，而那天雨好大，大得討人厭，我討厭下雨，從那之後就討厭下雨天。

討厭。

我後來也討厭吃東西，我不知道是不是因為這個的緣故，我只覺得很生氣，怎麼可以這樣呢？不可以這樣呀！我明明知道爸爸有憂鬱症，可是我——

『嘿！這不是妳的錯。』

他按著我的手，打斷我的話，試著想穩定住我的情緒，而眼神，是溫柔，還有寬容。

『妳那時候還只是個小女孩，大人的世界妳本來就還應付不來。』

「只是說來安慰我的話吧？」

『不是，我也一樣高職畢業就出社會工作，所以我會明白那是怎麼一回事；而妳要相信我，這真的不只是安慰。』

我苦笑。

「好丟臉，飛機才起飛就說了一堆亂糟糟的話，可能是因為第一次坐飛機太緊張的關係吧。」

拍了拍我的手，他試著輕鬆的開玩笑：

『沒關係啦，我不會因此扣妳薪水的，雖然都已經搭頭等艙了妳還給我這·麼·緊·張，這讓我覺得有點浪費錢，早知道放妳和助理一起坐經濟艙就好了，哈。』

忍不住的、我笑了；我發現他很喜歡用職稱來稱呼彼此。

望著他的手，我在心底默默祈禱著那手不要移開。

他沒移開。

『嘿，說個搞不好能讓妳對搭飛機這件事情改觀的看法，如何？』

「好呀。」

『在飛機上是最接近天堂的地方。』

「為什麼？」

『因為它最高呀，因為最高所以最接近天堂，搞不好望向窗外妳就能看見妳的爸爸哦。』

「那太空船呢？」

『那只會看見外星人。』

我又笑了，是打從心底的那種開心的笑。

望向窗外，我沒看見爸爸，我只看見他映在窗上的臉，望著我的臉。

『沒騙妳吧？真的看到了，對吧？』

騙我。

「你相信有天堂？」

『沒道理不相信呀，要不人死後往哪去？』

「那天堂是什麼樣子？他們在那裡都過著怎麼樣的生活？」

『這個嘛……或者以後我上天堂了再告訴妳？』

「喂！」

他開開心心的笑著：

『這我哪會知道呀，我的設計師。』

「你當然要知道呀，我的總經理。」

『相信我，總經理唯一知道的事就是如何當個總經理，除此之外，他們連放屁到底要不要脫褲子搞不好都不知道。』

「謝謝你。」

我笑著說，這句話是安慰了，我明白。

『雖然有點奇怪的問題，不過能這樣把妳逗笑，應該有妳爸爸一半的厲害了吧？』

「有呀，而且是我前男友兩倍的厲害。」

『呵。』

他淡淡的笑著，然後移開了手，假裝不經意的。

假裝。

『睡一下吧，還要飛很久才會到，而且妳愛壓榨人才的總經理一下飛機就要妳陪著他應酬很多很多的客戶呢。』

「可是我睡不著。」

『嘿！不用為了這個自責，好嗎？』望著他的手，我希望他再度安撫我，我感覺他想再度握上我，可是他沒有，那手僵硬的擱在椅背上，『可以選擇的話誰都想要一閉上眼睛馬上就睡他媽個好覺，沒有人是自己想要失眠的，把我這句話聽進去：自我要求高是件好事，可是不要把自己逼得太緊了，好嗎？』

好。

『活著的本身就已經夠累了，我們沒必要再給自己找累。』

「愛壓榨人才的總經理想睡的話沒關係哦，設計師已經很習慣失眠了，還是可以一下飛機就陪他去應酬很多很多的客戶沒問題的。」

『呵，別擔心我，設計才能我比不上妳，可是這點我絕對沒有問題，因為也已經習慣了沒時間睡覺卻還要精神百倍的生活了。』想了想，他又說：『而且，我喜歡──』說到了嘴邊的話打住，他改口：『我喜歡和妳聊天。』

才想說些什麼的時候，他不自然的爽朗笑著，以開自己的玩笑轉移方才話裡沒說出的……沒說出的什麼。

『因為是總經理的關係，所以公司裡好像沒什麼人敢跟我聊天，奇怪，我明明已經很努力的假裝自己是個好相處的總經理了，不是嗎？』

我明白他的意思，於是我配合著笑了笑。

公司裡沒人敢跟他聊天，不只是因為他是總經理，而是因為他在公司時姿態通常都冷漠。

『我一天只要睡三個小時就算非常足夠了，而且腦子好像給裝了自動導航似的，只要眼一閉、立刻就能睡。』

「真羨慕呀。」

『這點我強烈建議妳別羨慕，因為這可不是什麼好生活。』

「是在謙虛嗎？」

『不是，真的不是。』苦笑著，他說：『生活只有工作是件悲哀的事，以前我不這麼覺得、反而還引以為傲。但現在……嗯。』

「因為忙得沒有時間談戀愛嗎？」

我問，我發現到他手上沒有任何的戒指，其實在登機時我還注意到他的配偶欄是空白，我當時在心底偷偷感到開心，我以為會因此為那個自己感到難過，可是很奇怪的是，我沒有。

『倒不完全是。』

他輕描淡寫的說，我發現這個話題令他不自在。

他有女朋友嗎？

他這麼忙能有女朋友嗎？

他喜歡什麼樣的女生？

他有沒有可能——

打斷了我腦海裡的思緒，反倒是他問我：

『那，妳現在有男朋友嗎？』

他問得太快，快得像是他從很早很早以前就想這麼問了；他或許對於工作很會假裝，但對於感情……

我搖頭。

不自在的笑出現在他表情裡，再一次的。

『那我就不用罪惡感那麼深了，我一直很內疚瓜分了妳男朋友那麼多的時間，顯然是我多慮了，哈。』

哈。像是用唸的那般，不自然的笑。

「賴總呢？」

『嗯？』

「這麼忙，怎麼談感情？」

他還是不太自在，我感覺他在逃避這個話題；但我不要，我於是又問：

「賴總有女朋友嗎？還是結婚了？」

『沒，沒結婚，也沒結過婚。』

「那女朋友呢？」

『交過一個。』

他說，然後轉頭向空姐要了一杯咖啡。

在一杯咖啡的猶豫之後，他放棄似的繳械投降，他改口：

『高中時候交過一個，然後就一直交往到現在了，算算、也快八年了。』

我感覺到我的心直往下沉，彷彿是用盡了全身的力氣維持住臉上僵硬的笑，我試著彷彿只是閒聊只是好奇的問道：

「但賴總這麼忙，你們怎麼約會呢？」

『我們從很久以前就習慣了只和工作約會。』

「哦。」

本來話題該在這裡就打住了的。

本來。

但他卻像是嘴巴自動被打開了那樣，他自顧著又說：

『協理，所以我們只和工作約會。』

「咦？」

我驚訝，腦海裡忙碌著想把協理和眼前的他擺在一起，但怎麼就是辦不到，不，我甚至從來沒有看過他們兩個人相處的畫面，他們在公司裡交談過嗎？就算有，也極少，在開會時在聚餐時在尾牙時甚至是在員工旅遊時他們甚至不住同一間房！我想起那幾次的員工旅遊，我印象深刻他總會走到我的身邊同我一起講話，很自然的，自然的好像本來就應該是這樣，自然的不在乎其他同事看在眼底的耳語，他——

他們兩人極少交談，他們的互動冷淡到幾乎讓不明就裡的人誤以為他們兩個人彼此不合的程度。

不明就裡。

套上公式化的笑容，他說：

『妳真不愧是全公司裡我最喜歡的人，替公司賺這麼多錢，卻從來不過問八卦。』

我聽見他這麼說，我也聽見他話裡沒說的，我還聽見他說的是人，而不是他常用的稱稱、設計師。

『只是，別把自己關得太緊，好嗎？』

最後，他這麼說。

而我沒回答他，我只是低下頭，把玻璃杯中的紅酒一飲而盡，這樣而已。

第八章

有些事情是學不來的
例如
愛

之一

阿台打來的電話，讓*死掉的友情*這句話，變得很具體。

『機智問答，浩呆，在阿台去當兵的這段時間，工作室發生了一件連沙大那個大嘴巴也不肯說的事情，這代表什麼意思？』

代表我也不想說，於是我說：

「恭喜你退伍了，阿台。」

『沒有白費阿台罩你那麼久呀、浩呆，就知道你還是有把台放在心底。』阿台笑了笑，不是他招牌的啊哈哈，卻是有氣無力的笑了笑，『但你還是沒有回答我，那代表什麼意思？』

代表我真的不想說的意思，我心想。

『那代表事情真的很嚴重了的意思。』

「怎麼知道的？」

『你沒來，阿台的退伍Party，你沒來，我問半天他們也不肯說什麼，最後是沙大告訴我、可能大佬沒找你吧！可是他最多也只肯說到這裡了。』

「對不起。」

當阿台的入伍Party時，我怎麼也想不到一年八個月之後，竟然我會缺席阿台的退伍Party，我怎麼也想不到，沒有人想得到，當時的我們，想都想不到。

可是我終究還是缺席了，我們約定好的退伍Party，阿台的退伍Party。

『我很難過，浩呆，不管到底是發生什麼事。可是、不能有祕密，這難道不是我們工作室裡不成文的規定嗎？我們不是一直就這樣子的嗎？啊？怎麼搞的現在反而只剩下不在的我，還白痴的遵守？啊？』

閉上眼睛，我說：

「奇奇。」

阿台倒抽了一口氣，然後嚴肅的只說了三個字：

『說下去。』

「我……認識了奇奇，在他們分手之後，我認識了奇奇，然後——」

『然後你就決定讓她是你的祕密？』

不要這麼了解我，好嗎？

『她就是那個你喜歡的女生？』

「嗯。」

我幾乎可以想像阿台此時緊握的拳頭，而，如果可以的話，我真的希望阿台此時此刻就在我的面前，把那拳頭揮向我，然後在痛痛快快的發洩之後，阿台會抽根菸，然後很耍帥的說：算

了啦，反正都已經是這樣了不是嗎？啊哈哈～～

可是沒有，阿台此時此刻不在我的面前，而且我甚至很奇怪的感覺到，阿台永遠也不會再出現在我的面前了。

『那麼多的女人！浩呆！這世界上有那麼多的女人，為什麼你偏偏——』

「我知道，大佬也說過一樣的話。」

『你——』嘆了口氣，感覺像是把拳頭握得更緊那樣，阿台又說：『你知道嗎浩呆？說出來不怕你笑阿台，可是我真的寧願你碰的是我的女人，而不是大佬的，尤其是奇奇。』

「為什麼……為什麼你那麼愛大佬？每個人都把他當成神一樣，為什麼？」

『別人我不知道，可是我、阿台我，把他當成兄弟一樣的愛，親兄弟；我是單親家庭，你知道吧？』

我知道。

『我有個哥哥也有個弟弟，還有個應該稱之為家的地方，可是大佬可是工作室，只有在那裡的時候，我才真正覺得我有哥哥也有弟弟，還有個我屬於的家，而那個家有我也有你，可是現在呢？』

對不起。

『每個人都有自己的死穴，是誰也不可以碰觸的，就算是兄弟也不行！阿台的話是工作室，而大佬、是奇奇。』

「對不起。」

『你好好保重，浩呆，好好保重。』

「我們不會再見面了嗎？」

『嗯。』

「大佬不要你再見到我？」

『他沒說，是我自己想要這麼為他做。』

並且：

『這就是兄弟，浩呆，我不管這道理是對是錯幼稚不幼稚，但在我們的工作室裡，這就是兄弟。』

然後阿台掛了電話，呆呆的望著斷了線的手機，我難過的哭了出來，終於哭了出來。

這是這段日子以來，我第一次，終於能哭出來。

這就是兄弟，阿台說。

我不知道工作室裡的他們是不是都這麼遵守，但我知道沙大好像把它當成是屁，因為他還是照樣經常跑來找我，當我午餐依舊是習慣在奇奇公司樓下轉角的星巴克做無謂的守候時。

每當沙大坐在我的對面時，我總寧願對面坐著的人是阿台而不是沙大，因為沙大知道阿台不知道的事情，沙大知道奇奇並不愛我，不知道是不是因為這個緣故，每當望著沙大的臉時，總是會提醒我這件事情的存在，或許這就是我討厭看到沙大的原因。

『媽的你這小子厲害！你知道昨天阿台喝醉之後哭得多孬嗎？笑死我，哈！』

沙大三不五時就會跑來這裡陪我吃午餐，然後自言自語般的報告著工作室裡他們的近況；我不知道沙大幹什麼要這樣子做，但我發現我其實喜歡他這樣子做，是因為我還關心著工作室裡的他們，也是因為對面空著椅子，實在令我不好受。

『大佬昨天又帶了個新馬子回來，幹！超像徐若瑄的啦！所以我們都叫她小Vivian，哈！下次我拍張照來給你瞧瞧。』

我沒理會他，依舊沒理會他。

『欸、你猜這次大佬會撐多久才和她分手？我猜要不了半個月，因為她根本就不是大佬的菜嘛。』

我總是沒理會沙大的自言自語，僅是午餐時間到了就起身離開，然後隔天再繼續既希望又絕望的到星巴克午餐，我不知道這樣的日子要持續多久，但我知道無論多久我都願意持續，只要、能再見到奇奇就好。

為了做好再見到奇奇的準備，我開始給自己做很多的改變，例如、工作我開始專心表現而非只是過一天算一天，我開始希望能被加薪被升遷，我希望起碼我能配得上奇奇的一半；偶爾我還是和詩茵約會，絕大多數的時候都只是純約會，極少極少我們會開房間，對於這點、詩茵並沒有說些什麼，我想她大概本身也希望這樣吧！我想。

我不認為詩茵喜歡跟我做愛。

我還開始改變外表，花了一筆好帥的錢去修剪了新的髮型，買了新的衣服，而且，開始早晨跑步健身、晚上做很久很久的伏地挺身；本來我只是希望自己能變得好看，然而我沒想到，這看在沙大的眼底卻——

『浩呆呀——哈！我知道你要我別再叫你浩呆，我知道，可是這次我實在忍不住再叫你浩呆，你知道為什麼嗎？』

我不知道，但我也沒吭聲。

『你以為這樣子奇奇就會愛上你嗎？』

「我哪樣？」

『去照照鏡子，浩呆，你根本就是抄著大佬的樣子在打扮嘛。』

我怒視他。

『所以接下來你也要開始買女人了嗎？』

「買女人？」

『吼～你忘了哦？阿台的退伍Party呀，那時候我們不是說了，如果阿台退伍時還沒有馬子的話，大佬就要出錢讓他去買女人呀。』

我沒忘。

「大佬……還是遵守了那個約定？我以為只是玩笑話而已。」

『浩呆就是浩呆。』痞痞的點了根菸，我感覺到今天的沙大和以往的沙大有點不太一樣，『只要是約定的話，大佬就一定會遵守的啦。』

「我以為大佬討厭買女人這件事。」

『他是討厭呀，不過只要是約定的話，他就一定會遵守，這就是大佬。』

我沉默。

『欸、怎麼樣？晚上一起去吧？』

「什麼？」

『買女人呀，突然聊到這個，才發現、哇靠！沙大我也沒試過耶。』

「你白痴哦。」

我說。然後沙大用一種很奇異的眼神望著我；捻熄了菸，他突然說：

『知道我為什麼還願意來找你嗎？』

「總不會是為了叫我陪你去買女人吧。」

『白痴，買女人是剛剛突然才想到的念頭，』把玩著銀製的打火機，沙大漫不經心的說：

『因為我佩服你，離得開大佬。』

「我六點下班，你等我。」

不知道為什麼，我接了這句話。

仔細回想這好像是我和沙大單獨相處過最久的一天，儘管我們已經認識了那麼多年。

下班之後沙大果然就在公司樓下等我，我們心照不宣的去了上次阿台消費的那家，本來我以為要等沙大很久，但沒想到走出那裡之後，卻看到沙大站在街的對面無聊的抽著菸，看著他腳下的菸蒂，我懷疑他根本沒有進去。

「你有進去嗎？」

『有呀，可是進去看幾眼就出來了，連褲子都沒脫，哈。』

「為什麼？」

『那女的太老。』想了想，沙大又說：『而且原來這檔子事我不喜歡買賣的，這點我跟大佬一樣。』

「哦。」

『你咧？感覺如何？』

「不就都那樣。」

沙大想了想，然後他決定同意這句話，接著他問：

『時間還早，要不要去喝個東西？』

「好呀。」

『我和我追逐的夢？』

我為難。

『安啦！大佬他們去峇里島玩，號稱是工作室第一次的員工旅遊，今年他們接到幾筆大case，賺翻了，哎～～這都是多虧了沙大我的業務天份啊。』

「那你怎麼不去？」

『和你大嫂吵架，嘔氣就不去。』

我沒問沙大他們幹什麼吵架，因為我心想那不關我的事，而且沙大這點其實和大佬也一樣，如果是想講的話他自然會講，而當他沒說的時候，那就代表他並不想講，而他們最大的不同在於：如果追問的話，沙大多少會提一些，而至於大佬則不講就是不講。

我感覺得出來沙大今天心情很煩的樣子，於是我沒多說些什麼，只是安安靜靜的和他去了久違的我和我追逐的夢。

「沒想到它還在嘛。」

『會開到世界末日的那天啦！對吧老闆？』

老闆笑著點頭。

『還是兩杯百香冰紅茶？』

『對，大杯的，還要很多的滷味，今天這小子請客。』

「喂。」

『哈！這就是我和大佬最大的不同：他對金錢大方，我對女人大方。』

「嘖。」

兩杯百香紅茶，大杯的，還有很多很多的滷味。

「你和大嫂還好吧？」

『OK啊，床頭吵床尾合啦，幹嘛？』

「覺得你今天不太一樣。」

沙大微笑著沒說些什麼，他只是把玩著手中的銀製打火機，像是隨口說說那般的、說道：

『這打火機是國中畢業時大佬送我的，最近才想到有這東西存在。』

「你們從國中就認識了？」

『嗯，我第一根菸就是和他一起抽的。』

「哦。」

『我知道他跟阿台比較好，不過其實認識他最久的人是我。』

「哦。」

『還有你大嫂也是。』

「嗯？」

『大佬、我、你大嫂，我們三個人從國中就是同學了。』

「哦。」

『而且他們還交往過。』

「啊？」

我驚訝，接著沙大得意洋洋的抱著肚子大笑：

『哈～～被我騙到了吧？笨死了、浩呆。』

「……」

像是終於笑夠了似的，沙大正經著口氣，痞痞的說：

『其實你大嫂一開始喜歡的人是大佬。』

「咦？」

『很過份吧？這種事為什麼要特別告訴我呢？「老實告訴你，其實一開始認識你們的時候，我希望追我的人是大佬。」說這話是什麼意思呢？是想要我吃醋嗎？無聊的女人！』

「結果你有吃醋嗎？」

『結果我跑去弄她的好朋友，那是我第一次劈腿。』

「無聊。」

『我知道，不過那時候我才國中，你以為我能多成熟？』

你現在也沒多成熟，我心想，但沒說。

「大佬知道嗎？」

『我不知道他知不知道，我沒想過要問他。』

「哦。」

『你大嫂拿過孩子，你知道嗎？』

我搖頭。

『升高一那年的暑假，哪有那麼衰的事！第一次就中獎！這是那時候我說的第一句話，可能你大嫂也不爽了吧，因為她接著說：說的也是，搞不好這是大佬的。』點起香菸，沙大黯淡了表情：『我聽了媽的幹死了！那是我的死穴，什麼玩笑都可以隨便開沒關係，可是這個不行，我這個人、這件事不行。』

每個人都有自己的死穴。我想起阿台也對我說過這樣的話。

「後來呢？」

『後來還是拿掉啦，我剛不是說了嗎？』

「哦。」

『記不記得我中午說的，我佩服你離得開大佬。』

「嗯。」

『我佩服，真的，因為連我也離不開大佬；我不知道他到底魅力在哪裡，可是沒有人離得開他，這是真的，除了你。』

還有奇奇，我在心底這麼補充。

『可是另一方面，當你中午答應和我一起去買女人時，我反而覺得很難過。』

「……」

『我知道我從以前就一直問你3P呀雜交呀什麼有的沒的，可是那時候你都拒絕，坦白說，我就是喜歡是那樣的浩呆，所以當你今天點頭時，我真的很難過。』

這是我和沙大兩人之間最後的對話，我沒想過那會是我最後一次見到沙大、這個我始終搞不懂自己是喜歡他還是討厭他的沙大。

後來我不再去那家星巴克午餐，因為後來我才從詩茵的口中得知原來奇奇他們公司搬家了，而奇奇也順便搬了家，也於是我不再有去那家星巴克午餐的必要；沒多久之後我跟著也離職，我換到了一家薪水高一點的公司繼續做排版的工作，這是我給所有人的理由，然而其實我真正沒說的是，因為新的公司，離奇奇公司的新地址，比較近。

之二

這年的春末夏初，蔡依林就如同她這張新的專輯名稱那般，以全新的姿態全新的樣貌以及全新的氣勢回到螢光幕前，還更紅。

看街頭滿滿那些把她的穿著打扮髮型化妝照單全收的小女生就知道。

我其實並不意外，因為他曾經說過。

疲憊的望著電視上全新的她，我想起那年的那天，和他曾經有過的那些對話：

——雖然她現在只是個偶像歌手，但她不會只是個偶像歌手。

——哦。

——要賭嗎？

——好呀。反正我穩贏的。賭什麼？

——一個吻。

——哈，我開玩笑的啦。

大概是酒喝多了的關係，我想；把矜持把顧慮把辦公裡那些蜚短流長拋在腦後管他去死，我拿起手機，撥號。

「你在忙嗎？」

『該死，我一個月裡頭就這麼一天的不加班日，』玩笑性的嘆了個誇張的氣，他笑說：『不過，既然是我的王牌設計師，說吧，怎麼啦？』

「老實說，我是不是很難相處？」

『妳的鞋子就是訂單的保證，不只是再我們自己公司，就連下游廠商、客戶都是靠妳的手在決定所有人的年終好不好過，我想就算是再難相處，大家的選擇也會是很愉快的忍耐吧。』

我知道我是該笑的，但是我笑不出來，我的心情糟透了，我剛喝完一整瓶的紅酒，我糟透了。

糟透了。

『是妳助理的事，對吧？我今天進公司時有聽說了。』

不只是助理的事，不過那確實是個引爆點沒錯。

我的助理，我fire掉的第N個助理，本來我以為這次協理會一如往常的問我原因了解狀況，然後點頭，轉身離開我的辦公室；可是這次她沒有，她望著離職單，她點起一根香菸，在一根香菸的沉默之後，她說：

『有才能是件好事，對工作要求是件好事，年少得志是世界上最令人愉快的事，可是同時妳還是得明白，助理之所以只是妳助理而非妳的上司，就是因為她們的才能比不上妳，妳不能拿妳的標準對待她們，因為她們拿的不是妳的薪水，這麼說、妳明白我的意思嗎？』

我明白，我當然明白；只是我明白她說的也不只是字面上的這一回事。

『我會再給妳找個助理，我已經配合妳這麼久了，可不可以偶爾，妳也配合一下別人？』

我沉默。

『我知道妳現在很紅，真的很紅，很多同業都在打聽妳，有許多客戶重視妳更甚於我們公司，而總經理——』想了想，她決定略過這點，『有才能是件好事，但恃寵而驕則是個危險。』

「我恃寵而驕？」

我說，而話裡，火藥味濃厚。

『妳也不喜歡攪和那些八卦流言，這點我欣賞，因為我也是；可是用過來人的經驗我不得不告訴妳，妳沒有辦法管住別人的嘴巴，正如同妳沒有辦法阻止自己的耳朵會不小心聽到個什麼，』挑釁的望著我的獨立浴廁及咖啡吧台，有抹冷笑浮上她的嘴角：『或許這就是總經理的先見之明吧，可是妳也得明白，他所能為妳做的，也只有這樣了、在這個玻璃屋裡，而玻璃屋外——』

打斷了她，我反擊：

『我是沒有辦法管別人嘴巴怎麼講，但我還是有資格直接的表達我聽到時的不悅。』

並且：

『我只是希望大家尊重這份工作，不管只是個助理，或者是個協理！』

我說，然後起身越過她，我摔門離開，這是長久以來的第一次，我提早下班。

我們都心知肚白，我們爭執的不只是字面上的話語，而是……而是誰也不願說破的那些。

不願，也不方便。

把玻璃杯中最後三公分左右的紅酒一飲而盡，我聽見我自己這麼說：

「難相處的設計師她明天想要請假，請個長長——長長的假，長假，Vacation——」

『OK呀，妳該知道她的總經理從來就不會拒絕她的任何要求的，因為她值得。』

「任何要求都不會拒絕?你確定?」

那麼，把協理調到大陸分公司呢?該去的人是她不是你，我想要相處的人是她不是你。

『除了妳想取代我當總經理，只有這點不在此限。』

終究還是被他逗笑了。

『太好了，聽到妳笑我總算剛剛的腦細胞沒被妳嚇死。』吹了個長長的口哨之後，他決定換個輕鬆的話題：『那麼、我的王牌設計師想去哪裡度個假呢?』

「哭泣湖。」

我說出突然閃過我腦海的這三個字。

『那是在哪？』

「在屏東的牡丹鄉，哭泣湖。美得令人想要哭泣的湖泊，沒去過的人不會知道。」

『我以為妳會想出國渡假呢。』

我受夠出國了，我總是在出國，去參展去東京去巴黎去紐約去倫郭去任何與流行有關的都市搜集所有與流行有關的事物，我受夠了。

『這樣吧，突然的請假我接受，不過假單可能得等到我回來再替妳補簽，因為很剛好的，總經理明天也要出國渡假。』

「你要出國？」

『是呀，我以為妳知道，沒想到妳居然比我預期的還不關心妳辦公室之外的事呢。』

我尷尬的笑。

『總經理也是會累的，偶爾也是得從工作裡逃的。』

「一個人嗎？」

和協理嗎？其實我想問的是這個，但我發現現在就是連她的職稱我都不願意提及。

『是呀，只有一個人的時候，我才能夠不只是個總經理。』

——或許這就是總經理的先見之明吧，可是妳也得明白，他所能為妳做的，也只有這樣了、在這個玻璃屋裡

『嘿！』

「嗯？」

『沒什麼，只是妳突然的沉默又把我嚇到了，我發現他們其實都誤解妳了，妳最可怕的不是生氣而是沉默。』

「謝你哦。」

聽著他爽朗的笑聲，我感覺到我的心情已經平復很多，本來想要收回明天要請假的請求，因為我發現與其一個人去哭泣湖、我寧願還是回公司上班，然而就當我才想說時，他卻搶在我之前先說了：

『大概是被妳害的，我突然也很想看看美得令人想哭泣的湖泊長得什麼樣子。』

「……」

『這樣吧，明天我搭妳便車去滿足我的好奇，接著妳送我到小港機場祝我旅途愉快，這樣如何？』

「不妥。」

你可以不介意那些蜚短流長，但我不行。

『放心啦，油資可以報公司帳，哎～明明待妳不薄，結果卻連點便宜也不給公司撈。』

我又笑了，在毫無防備的笑聲裡，我聽見他說：

『其實明天是我的生日。』

「咦？」

『嗯，明天是我生日。』我聽見他點起了一根香菸，『我連過年都在工作，大家闔家團聚吃年菜發紅包打牌狂歡到通宵，而我還在東奔西走，這是我的選擇，我很甘願，我是個工作狂，我喜歡這樣的自己，但生日例外，我會放自己一個星期假，只和我自己，一年三百六十五天，我只做七天的自己。』

「嗯。」

『所以，我可以藉此無恥的跟妳要個生日禮物嗎？』

「好呀。」

『明天穿上那雙玻璃鞋好嗎？妳還記得嗎？那雙玻璃鞋？』

我記得，我只是不知道他還記得。

原來他記得。

『我發現妳從來沒穿過它，這點讓我有點小不愉快。』他說，然後自顧著笑了起來，『所以，明天穿上它，當作是送我的生日禮物。』

「好呀。」

『嘿，再一分鐘就十二點了，該死！一想到就要變成二十八歲了真杜爛。』

「生日快樂。」

『謝謝，』他笑，然後等到時針走過十二點時，他才又說：『原來變成二十八跟二十七歲也沒什麼兩樣嘛。』

「呵。」

『在我二十八歲生日這年，第一個跟我說生日快樂的人，我會永遠記住她。』

最後，他這麼說。

哭泣湖。美得令人想要哭泣的湖泊，沒去過的人不會知道。

和他的哭泣湖，從來我沒有告訴過任何人，於是我才明白，越是珍貴的回憶，往往越是吝於洩露；所以我只是把這一天，這個人，還有和他的哭泣湖，放在心底，偶爾懷念，然後感慨，然後遺憾，即使是經過了很久很久的以後，還是。

還是。

哭泣湖。美得令人想要哭泣的湖泊，沒去過的人不會知道。

在哭泣湖畔，我問他：

「你剛在車上一直Repeat的那是什麼歌？」

『〈愛的可能〉，葉蒨文的。』然後他輕哼了幾句，接著把手邊的碎石擲進哭泣湖裡，動作像許願，而口吻似告解：『我很喜歡這歌詞，喜歡得不得了，好像把我這幾年來一直逃避著的什麼都唱出來了，直接而又赤裸的唱出來了，很殘忍，可是真的都唱出來了。

望著他的手，我覺得我好像應該要握上。

『一個人的時候我總聽它，因為一個人的時候，常常我會忍不住想要打電話給那個女孩的衝動，想要說些什麼一直就想說、可是不能說的話，可能只是三個字，也可能是三天三夜一直一直說下去，可是不行，真的不行，每當這個時候，我就會放這首歌來聽，來提醒，否則、真的很難，很難不衝動的打按那個號碼。』

望著他的手，我想要握上。

『我還記得第一次看到那女孩的時候，她正低頭看著她的手，我覺得很好玩，因為我好像看到我自己，我們有相同的習慣，這是第一個我給她的加分；她那時候瘦瘦小小的，對自己很沒有自信的樣子，看得出來那陣子她很不好過，她的人生好像還在她的理想之外，雖然她很努力的想要好好表現，但她的眼神藏不住心事。』

望著他的手，我握上。

『那時候我很想告訴她：嘿！快樂一點，妳有雙合適微笑的眼睛，請快樂一點！好嗎？妳會得到妳想要的人生，這只是遲早的事。可是我沒有，因為我是總經理，總經理不可以對面試的女生說這種沒頭沒腦莫名其妙與工作無關的話，雖然那個女生的眼神，打動了他心底的某個什麼。

『她不太笑，不愛笑，可是她應該笑，她適合笑。我記得那一天，當她第一次的開發季訂單成績出來的那一天，當我看到訂單時，很奇怪、我第一個反應不是：幹！這季賠慘了！我要扣她薪水！而是：她還好嗎？我擔心她，對，我擔心她，她太壓抑了，那對她不好。那是第一次，我覺得自己好像不是個當總經理的料，可是怎麼行呢？這是不行的，我每天每天這麼努力工作，這麼多年來的每天每天，為的不就是這個？這他媽的總經理三個字！』

握著他的手，我將它移到我的嘴邊，微笑以親吻。

『那天我花了很多力氣才終於讓她笑，相信我，我都快累死了，可是很值得，當她終於笑了，當她穿上那雙玻璃鞋的時候，好美，真的好美，像朵玫瑰，美得帶刺；知道為什麼玫瑰只能帶著刺嗎？那不是它的生長方式，那只是因為它其實脆弱。我真的很想要吻她，想得心都痛了，可是不行，我們的關係不行，所以我只能開玩笑，玩笑似的跟她打個賭——』

我打斷他，我吻上他，他的唇、他的告解；我知道這樣不行，我們的關係不行，我也知道；但我只是在想，或許生日的這天，可以允許例外、可以放下一切，讓兩顆都痛的心，暫時的勇敢，不是嗎？

因為你有你的人生　我有我的旅程
在前方還有等著你的人

你會哭會笑會愛會傷神
你會不會　敲我的門

「這不是開玩笑，也不只是打賭。」

『我知道。』握上我的手，他扣著我的指尖，他抱住我，在我的耳畔，他呢喃：『笑我吧，沒關係，但只是一同簡簡單單的：妳有沒有男朋友？都教我緊張得快死掉了。』

我微笑，在他的懷裡，在哭泣湖畔。

哭泣湖。美得令人想要哭泣的湖泊，沒去過的人不會知道。

而原來，令人想要哭泣的，不是這湖，而是愛，太晚太遺憾的愛。

而關於哭泣湖畔的那天，以及之後；至多至多，我只願意透露到這裡，因為回憶太美，美得讓人吝嗇。

吝
嗇

隔天，在小港機場上，我們告別，而雙手，是緊扣。

『原來當年的小奇奇，望著這天空時，是這種感覺呀。』

「什麼感覺？」

『想像、疑惑，以及無限的未知。』

原來當年的小奇奇，望著這天空時，並不知道很多年很多年以後，她會得到她想要的人生，而且，還和她愛了好久的男人，一同抬頭仰望，這當年的天空。

原來她會幸福，就算只是二十四個小時。

「問你一個問題：人在什麼情況之下，會想要問對方你愛不愛我？」

『當愛著對方，也想被對方好好愛著的時候。』

幾乎是想也沒想的，他回答。

「當想要不顧一切去愛的時候，甚至想要捨棄一切和對方逃跑的時候。」我說，「所以，你愛我嗎？」

他望著我，他沉默，而握著我的那手，力道緊得讓我痛；我以為他會說我愛你，我知道他愛我，就像我愛他那樣程度的愛，愛得心都痛了，痛得都想哭了，可是不行了？是嗎？今天不是生日了，所以我們不可以勇敢了，是嗎？

趁著眼淚滑落之前，我強打起笑容，我說：

「旅途愉快。」

然後鬆開他的手，我轉身離開，我不想他看見我的狼狽。

雖然你對我的認真我也感動萬分
你終究不是屬於我的人
但記得在你孤單的時候
我會伸出雙手　我會是你朋友
到永久

（作詞：李偲菘　作曲：李偲菘）

第九章

我們委屈了自己
成全誰的夢想？

——〈夢一場〉袁惟仁／詞

之一

當工作太無聊的時候，我總會拿出我的隨手畫冊開始畫漫畫，雖然這麼多年的時間過去，但我始終沒有忘記最初的夢想。

只是，夢想好像離我越來越遠了。

望著那些禮貌的溫情的退稿通知，以前的我會搞不懂當個漫畫家有這麼難嗎？然而現在的我則是接受，或許在絕大多數的時候，人生總是沒有可能如自己所願。

就像夢想中的愛情一樣，得不到就是得不到。

雖然愛不到，但是仍然愛，默默的愛，深藏不露的愛，用我最自己的方式愛。

每天睡前的最後一件事情，我總是會拿出紙筆然後陪自己直到睡去，不是畫漫畫，而卻是寫名字，寫奇奇的名字，那是我一天之中最幸福的時刻；有時候直寫有時候橫寫，有時候充滿希望的寫，好像寫著寫著、我的手機就會突然響起奇奇的號碼那樣的充滿希望；有時候則是充滿絕望的寫，好像寫著寫著、這想愛卻愛不到的苦、就能隨著白紙上寫滿奇奇的名字而稍微得到安慰。

我知道這樣很無聊，我知道我實在不該再思念奇奇了，我知道我知道這些我都知道，可是知道是一回事，而辦得到、卻又是另一回事。

我辦不到不思念，無論如何就是辦不到。

然而這天，當我照例是在睡前寫著奇奇的名字時，詩茵卻突然的來了電話打擾我的幸福時光，起初我是有點惱火的，但手機一接起傳來的是詩茵混亂的聲音時，我倒也只是盡可能的好聲好氣問道：

「怎麼啦？現在很晚了耶，還不睡？」

『可以見一面嗎？現在！馬上！』

「什麼事那麼急呀？明天不行嗎？我明天一早還要開會耶。」

『就是無論如何都要馬上見面的事情啊！』

嘆了口氣，我答應去見她，現在的馬上。

女孩真麻煩。我想起阿台老掛在嘴邊的這句話。我發現現在馬上的我還滿同意的。

不知道現在的他們好不好呢？在跨上機車去找詩茵的路上，我在心底這麼想著。

應該很好吧？是呀，是的。只要有大佬有阿台有沙大有工作室，他們就會很好。

我希望他們很好，打從心底的希望，在沒有我的世界裡，他們過得比我還要好。

這就是兄弟嘛。

呵。

有氣無力的來到詩茵家裡找她，結果她所謂的無論如何都要馬上見面的事情卻只是要我看她的新髮型；詩茵的新髮型，把長年的厚劉海梳開了。

再怎麼無理取鬧也該有個限度吧！

我心裡是很想要這麼吼她的，但是我沒有；因為奇奇說得對，扁頭的人通常好脾氣。

奇奇……

「還不賴嘛，把劉海梳開，這樣看起來比較成熟了。」

『就這樣？』

「不然咧？」

我真的不知道我是哪裡惹她不高興，而我也懶得去回想，因為此時此刻的詩茵瞪著我，然後拿出了一個新的LV，挑釁似的說：

『這是我今天去買的。』

原來如此。

「我怎麼記得之前妳說想要的生日禮物是去墾丁旅行？」

我說，然後在腦海裡拼命的想著那三天的旅行中、有沒有哪裡惹了她不高興而我卻沒發現？

想到頭都痛了、但我就是想不到。

『你不問我怎麼有錢買嗎？這一個包就要花掉你半個月薪水耶。』

「妳媽送妳的哦？」

『不是，我用援交的錢買來的。』

「別開玩笑了，詩茵，這很難笑。」

『沒開玩笑，網路上找到的中年男人，提出很變態的要求，所以錢給得很多。』

「詩茵！」

『把很多奇怪的東西放進我那裡，很噁心，可是你知道為什麼我可以忍受嗎？』

「我不知道妳缺錢。」

『我不是缺錢我是故意的。』淒厲的瞪著我，詩茵一字一字的咬齒說著：『因為起碼他跟我做的時候，心裡想的人不是奇奇！』

「……」

『我受夠了！』

「到底怎麼了？」

『你會說夢話你知道嗎？在墾丁的第二天我就想走了，想逃跑了，可是不行，那是我們第一次完整的共度一整天，我心想可能只是我聽錯吧，可是第二晚還是！還是在夢裡喊著奇奇！』

「……」

『你知道我本來有多期待那個旅行嗎？』

「……」

轉身，我想走，我想，該是離開的時候了，只是詩茵喊住我，很顯然的，她覺得還沒說夠。

『也對，奇奇不會告訴你，因為你沒睡過她。』

「不要把奇奇扯進來，這不關她的事。」

『就這麼珍貴？珍貴到別人連說都不能說？』

「妳到底想怎樣！」

每個人都有自己的死穴。不知道為什麼，當下我突然想起沙大曾經說的這句話。

『每次每次，我假裝不在乎你老是問我奇奇的消息，我以為我受得了、可是原來我受不了！我再也不要忍受了！我愛你陳浩，從高中就一直愛著你，可是我再也受不了了！』

「妳想太多了。」

我說，可是語氣微弱的連我自己都不相信。

『太過分了……』

詩茵歇斯底里的哭了起來，我知道我是該抱住她的，可是我沒有力氣了，沒有力氣了；這麼多年來，這是第一次，我們把話說開來。

「可是詩茵呀，妳早就該猜到的，不是嗎？」

我問，而話裡有苦。

『只要你沒親口說，那就不算，不是嗎？』

我們委屈了自己，成全誰的夢想？

『我以為時間久了你就會忘了，可是……都這麼久了，陳浩，都這麼久了！』

「詩茵哪——」

打斷了我，詩茵說了一句我早就想聽到的話了，詩茵說：

『奇奇回來了。』

我倏地望著詩茵，我知道這反應不對、太明顯了，可是沒辦法，等了這麼久為的就是聽到這句話，我……沒有辦法再假裝了。

『奇奇早就回來了，每次你假裝順口問起時，我都想要告訴你，可是我偏不要，你知道為什麼嗎？』

我想我知道。

『就算你沒有我愛你一半的愛我，但起碼，我要你和我一樣的毫無希望！』

我覺得好累。

『我就問你一個問題。』

愛情不應該這麼累。

『你從頭到尾只是在利用我對你的喜歡嗎？』

「對不起。」

愛情，也不應該有這麼多的對不起。

對不起，我說，然後彷彿全身力氣都用盡的那般，我癱軟在地上，難過得哭了起來。

我們到底怎麼了？只是想要好好的愛一個人，甚至並不奢望對方會回報，可是……為什麼這麼難？為什麼我們會變成這個樣子？自我厭惡、傷害對方、也傷害自己。

我們怎麼了？

『明天晚上十點，在那家夜店，穿上我們的制服，奇奇也會去。』

「詩茵──」

『就當作是我送給你的分手禮物，我們假裝這一切都沒有發生，假裝我們都好、我們很好，假裝我們就是我們想要的樣子，我們三個人！』深呼吸，把哽咽吞進肚子裡，詩茵才又說：『我恨你，可是我不怪奇奇，不愛就是不愛，這點你該學她。』

「對不起……」

轉過頭，詩茵最後說：

『明天十點，最後的假裝。』

明天十點，最後的假裝，穿上塵封已久的紅外套制服，在第一次相遇的夜店裡，三個人，重聚。

這是我第一次看見奇奇穿制服的樣子，也是第一次，我看見的奇奇，是打從心底的快樂；好久不見的奇奇，雖然還是瘦、但整個人看起來精神許多，不再是以前那個明顯不快樂的奇奇，不再是以前那個希望自己看起來快樂的奇奇，不再是……

『嘿，好久不見。』

看著我，奇奇說，好久不見的奇奇用一種好像我們沒那麼不見的口吻說：嘿，好久不見。

『你沒什麼變嘛。』

奇奇接著又說，而我，不知道該難過還是該高興，因為其實我變了很多，我努力讓自己變了好多，努力著變成奇奇可能會喜歡的樣子，可是奇奇卻說——

『哪有呀，陳浩變了很多耶。』

大概是看出我眼底的失落，詩茵替我說了這麼一句話；假裝沒事的詩茵，假裝我們就是我們想要的樣子的詩茵，我發現我其實比較喜歡這樣的詩茵。

『我知道他外表變了很多，』笑了笑，奇奇轉頭對我說：『你是本質上永遠不會變的人，現在是這樣，十年後也還會是這樣。』

「哪可能呀，妳當我是不老魔人哦？」

『真的喲，可能十幾二十年後你換了幾份工作，結束幾段感情，頭髮逐漸變薄，腰圍逐漸變寬，在夜店從啤酒喝成威士忌，交通工具從YAMAHA變成TOYOTA……但本質上是永遠不會變的那種人。』

本質上永遠不會變的那種人？

這句話什麼意思，我不太清楚，於是我放棄，我問：

「那妳呢？」

『我是屬於新陳代謝的那一邊。』

「啥？」

『新陳代謝。』

「新陳代謝？」

『嗯，新陳代謝。把舊的過去丟掉，然後用新的自己好好的重新開始。新陳代謝。』

「為什麼要把過去丟掉？」

『因為過去了就是過去啦。』

奇奇說，然後抽起她細細手指間的細細薄荷涼菸，還噴了我滿臉的煙，讓煙霧恰到好處的模糊了當下的她的表情。

屬於過去的表情。

已經過去了的奇奇。

而，奇奇並沒有好奇我和詩茵的交往，從她的語氣裡我能感覺到她已經知道我們在交往的事，可是她沒問，沒問我們是從什麼時候開始的？怎麼終於開始的？她只是理所當然似的接受這個狀態，她自然的好像認為這是早就存在的狀態，這個、她或許早就想要的狀態。

好友的男友，而不是一個喜歡她、但她卻從來沒有喜歡過的人。

而我只是在想：妳真的從來都不知道我這麼這麼這麼這麼的愛妳嗎？這麼多年來？

離開的時候詩茵沒忘記提醒我們拍張合照，接著在最後，詩茵把她的分手禮物送給我，她說：

『欸，妳新的門號要不要給陳浩呀？他現在的公司離妳公司很近耶。』

『哦。』

奇奇沒意見，傾身把她新的門號寫在杯墊上，邊寫她邊說：

『我知道呀，因為我在公司附近看過你。』

「咦？」

『嗯，我當時心想應該是你吧，沒想到原來真的是你，我以為你還在以前那個公司。』

「為什麼……沒叫住我？」

『因為你看起來好像在找人的樣子，所以我心想應該不方便就沒叫住你了。』

我就是在找妳呀，奇奇……

就是在找妳呀……

我沒想到那是我最後一次見到奇奇，以及詩茵。

在留下了我們三個人唯一的合照之後。

幾天之後，我接到奇奇的電話，時間是夜裡，劈頭奇奇就說：

『我知道我明天醒來就可以好過一點，可是現在，現在真的不行，只要讓我把這些話說出來，只要說出來就可以好過一點了。』

奇奇說了很多亂糟糟的話，關於她和他，奇奇說了很多，可是我怎麼也聽不明白，聽不明白她和他究竟是發生了什麼事，因為奇奇的話語太跳躍，而心情太混亂，我只隱約聽出來那個他、似乎就是多年前經常掛在奇奇嘴邊的他。

那個每當奇奇提起時，表情總是微笑的他。

那個能讓奇奇微笑的他。

『上次沒有好好說再見，我很抱歉，所以這次我想，再怎麼樣也得打個電話給你，說再見。』

當心情比較平復之後，奇奇說。

「沒關係啦，我——」

『我要走了，這幾天就要離開了。』

「為什麼？」

奇奇沒有回答我為什麼，奇奇只又說了一次：

『因為必須要離開。』

「台北嗎？」

『台灣。』

奇奇……我好不容易找到妳了，為什麼妳卻又要走了？

『如果你要記住我的話，請答應我一件事，記住我好的樣子，而混亂的我，請忘掉，好嗎？』

「因為新陳代謝嗎？」

『因為新陳代謝。』

「我可以問妳一個，好久好久以來就想要問妳的問題嗎？在這最後？」

『嗯？』

「妳知道我愛妳嗎？」

「謝謝你，這些年，謝謝你。』

奇奇沒有回答我，奇奇只是謝謝我，我想我明白她的意思。

而，這是奇奇最後對我說的話。

之二

當我銷假回公司的一早，協理拿了一張離職單來到我的辦公室找我，而離職單上，寫的是我的名字。

『也該適可而止了。』

這是她開口的第一句話，而表情，是疲憊；打從我認識她以來，她一向看起來很疲憊，但我從來沒有看過她這麼累的樣子。

此時此刻，我眼前的她，前所未有的累。

『這張名片給妳，我向負責人打過招呼了，他們公司對妳很有興趣，他們能給的比我們更多。』

望著名片上了不起的財團名字，我問她：

「妳這樣難道不會替自己感到悲哀嗎？」

『十年，我們已十年了，小女孩。』筆直的凝望進我的眼底，她疲憊的說：『我們約定好明年就要結婚了，我反而要問妳，妳難道都沒有一點的罪惡感嗎？』

我有，當然有，但不是現在。

「妳是愛他還是不甘願自己的十年？」

『我是愛他所以不甘願我們的十年！』

把離職單扔到垃圾桶裡，我選擇強硬的姿態：

「三個人的事不該由妳一個人決定。」

『奇奇……』

她喊出我的名字，這是進公司這麼多年以來，第一次，她喊我的名字。

她喊我的名字，然後在我面前跪下，透過玻璃大門，連同我在內的所有人都驚訝的望向她，以及我。

我們。

『我從來沒有這麼卑微過……算我求妳好不好？妳還年輕，還有無限的可能，以後還會出現很多很多愛妳的男人，真正該屬於妳的男人，但我呢？我不年輕了、奇奇，我們十年了，這個地方從無到有，我們一起努力一起辛苦，一個女人把最精華的十年給她的男人，得到的不應該是這樣！妳不可以這樣！不可以都拿走！』

「……」

『妳換個立場想，換作妳是我，妳願意嗎？妳有可能為了守護妳的愛情而下跪嗎？』

我不知道，我只知道望著她時，我看見女人的無助。

我猶豫，我動搖；我想見他，想見他。

「妳起碼……讓我跟他談一談，讓我再見他一面，他現在人在日本，等他回來再說，好嗎？」

『他做不了決定的，奇奇，因為我了解他，從他還只是個高中生、從他還不是總經理時我就認識他了！相信我，要是他能決定的了，妳怎麼會自己獨自回來？』

她反問我，而我的感覺是受傷。

我想起他當時的沉默，當我問他愛我嗎的那個當下，當我表示想要放掉一切跟他走時，他的反應，是沉默。

十年。

——我連過年都在工作，大家闔家團聚吃年菜發紅包打牌狂歡到通宵，而我還在東奔西走，這是我的選擇，我很甘願，我是個工作狂，我喜歡這樣的自己，但生日例外，我會放自己一個星期假，只和我自己，一年三百六十五天，我只做七天的自己

——可能只是三個字，也可能是三天三夜一直一直說下去，可是不行，真的不行，我們的關係不行，每當這個時候，我就會放這首歌來聽，來提醒。

——那是第一次，我覺得自己好像不是個當總經理的料，可是怎麼行呢？這是不行的，我每天每天這麼努力工作，這麼多年來的每天每天，為的不就是這個？這他媽的總經理三個字！

十年。

他們有十年，而我們呢？

當他在海洋的另外一端，做一年三百六十五天裡面七天的自己時，而我們，在拉扯，為他。

『他做不了決定的，奇奇，所以幫他個忙，我們替他做決定。』

「我不知道。」

『他的王國他的一切他的十年他的努力都在這裡了，就這個地方，妳可以把妳帶來的拿走，可是本來就不是妳的，妳不行！』

「我不知道。」

『愛一個人不是這樣子的，奇奇，不是害他一無所有。』

「我不知道。」

『為他好，妳離開，如果妳是真愛他的話，妳不應該害了他。』

「我不知道。」

我不知道。我說，泣不成聲的，說。

我不知道……

起身，她走向我，握著我的手，她說：

『在他回來之前離開，不只是離開這裡，而是離開台灣。』

「可是我真的很愛他……」

『只有愛是不夠的，尤其是男人，尤其是他。』

「我不要！」

『已經沒有辦法回頭了，只能夠這樣了！奇奇，當你們一起請假時，當你們留下我一個人面對這難堪時，你們就應該領悟了。』

「我不要。」

『我就問這最後一遍：妳真以為他會願意為了妳放掉他的王國他的一切他的十年他的努力嗎？』

我不要。

可是我有什麼資格要？

她贏了，我輸了，她了解他，她擁有他的十年，而我明白他當時的沉默。

把眼淚擦掉，把名片遞還給她，深呼吸，我說了句借過，然後離開。

而她的聲音，在我身後響起：

『把手機號碼換掉，如果他知道妳住哪裡，就搬走，離開這裡，離開台灣，我會把足夠的錢轉到妳的戶頭，妳不會有這方面的問題，相信我。』

「為什麼？」

『因為他會找妳，我知道他會找妳，可是他不會永遠找妳，他不會把這一輩子都用來找妳，因為他的十年在這裡，他的未來在這裡，不是妳，不是永遠找妳。』

「為什麼妳值得我這麼做？」

『如果妳還記得的話，當年是我看過妳的履歷讓他面試妳，當他決定要錄取的人是妳時，我可以反對而他會尊重，可是我沒有，我只是打了電話給妳，通知妳，恭喜妳，妳記得嗎？』

我記得。

『所以妳不可以這麼忘恩負義，是我給了妳這些，我沒有辦法要回來，更沒有可能把時間倒回到那年的那天阻止我自己撥下妳的電話！所以我只能請求妳別讓我後悔，後悔那年的那天打了那通電話，後悔那年的那天，當我可以反對時，我選擇了相信。』

深呼吸，我深呼吸：

「我明白了。」

『那、我可以相信妳嗎？』

「就像當年妳相信了自己那樣。」我說，「等他做完自己回來的時候，請幫我轉告他這句話：謝謝他這幾年來的照顧，沒有他就沒有今天的我，他會明白我說的是什麼。」

『別怨我，換作是妳的話，妳也會選擇捍衛自己的愛情。』

我不怨她，我怨有緣無份，我恨太晚，相見恨晚，我恨我們在該勇敢的時候不夠勇敢。

不應該回來的，應該逃跑的……

「我的東西都不要了，請幫我處理掉，再見。」

『奇奇！』

她喊住我，我停下腳步，我聽見她猶豫；在猶豫之後，她還是選擇說出：

『別離開這一行，我知道這麼說對我對公司都沒有好處，而且還會是威脅，但別離開這一行，因為妳合適，而妳也不會只有這樣；這就是當年我之所以打電話的原因，也是我唯一能為妳做的不自私。』

「謝謝妳。」

我說，然後離開。

我遵守和她的約定，因為她說得沒錯，我是該感謝她當年的信任、而不是辜負，也於是這是我所能為她做的唯一了；我已經傷害了她，千真萬確的傷害了他們十年的感情，而她說得對，是該適可而止了。

為她，也為他。

他們，不是我們。

在他做完自己回來之前，我換了號碼也退了房子，在最快的時間內找到了同樣的工作，而地點，在上海，規模更大格局更大資源更大的公司。

妳不會是只有這樣的。

她說。

而他也說過。

可是他們都不明白，其實在內心深處的某個我，想要的其實並不多，不想多，只想愛，想單純的愛著一個人，想放掉一切跟在他的身後走，可是他們都說——

妳不會是只有這樣的。

在離開台灣的最後一晚，我撥了電話給陳浩，說再見，因為我沒忘記，當年，還欠他一聲再見。

我明白那些年他看我的眼神，以朋友姿態的陪伴，我感謝他那些年沒說破那些幾乎就要說破的感情，我感謝他沒讓我為難，我感謝他是我好友的男友。

離開。

新的公司對我興致勃勃，這點我並不意外，比較意外的是他們，他們意外原來的公司怎麼會肯答應讓我離開，我微笑著沒說什麼，不是因為那不關任何人的事，而是因為回憶太美，美得令人吝嗇。

新的公司是由媒體起家，新的公司財力雄厚，新的公司要我接受一些採訪，塑造某些大家會羨慕的形象，新的公司說：

『當女人買一雙鞋子的時候，她們想要的不只是一雙鞋子。』

並且：

『如果這雙鞋子的設計師能讓她們對自己腳上的鞋子增加某些認同以及感情還有崇拜，讓她們覺得穿上她的鞋子就能讓自己變得跟她一樣棒，那麼、我們為何不就這麼成全她們呢？』

我遲疑。

於是他們繼續：

『同樣的材質同樣的款式，為什麼COCO CHANEL的鞋子可以站上國際舞台、可以迷死全世界整世紀的女人？就因為她是COCO CHANEL！而現在，我們要個自己的COCO CHANEL，妳覺得呢？』

我覺得好累，我沒有力氣反對，於是我隨他們去，我的人生交給他們重新塑造，隨便！

我那陣子常常覺得累，本來我以為是適應新生活新國家的關係，然而，後來我才知道原來並不只是這樣。

原來並不只是這樣。

當我的照片我的形象我的鞋子我的品牌登上國際雜誌的時候，第一個打電話給我的人是他，他打到我的公司找我，他開頭就問我：

『是不是因為我給不了妳了，所以妳離開？』

他話裡有受傷，赤裸裸的受傷，我不知道是因為我的成就，還是我的不告而別，我不想知道；因為那首歌沒錯，他有他的人生，而我有我的旅程，在前方還有等著他的人，而他，終究不是屬於我的人。

儘管我們相愛，千真萬確的那種。

我們或許可以努力可以爭取可以勇敢可以不顧一切可以創造另一個十年、我們的十年，可是同時我們卻不能否認：沒有誰該要成全誰，沒有誰有資格辜負任何人的信任，尤其，當她在妳最需要機會時、打了通最關鍵的電話時。

當我在人生的谷底時，伸出手拉住我的人，是他們。

她。

眼前浮現她當時的無助、當年她伸出的手，我冷住口氣問他：

「你愛我嗎？」

『我他媽的當然愛妳！千真萬確的愛妳！我該死的還愛妳！可是妳不告而別！妳還——』

「那麼那天你就該說的。」

透過電話，我聽見他的眼淚；閉上眼睛，我狠下心，我繼續：

「我們已經相遇得太晚了，連我愛你這三個字，都說得晚了。」

『奇奇……』

「那天，在小港的天空下，我真的很想跟你走，只想跟你走，可是你把手放開了，不是嗎？放開手的人是你，不是嗎？」

心都已經痛壞了，可是嘴巴卻還在逞強：

「回不去了，很多東西，錯過了，就是錯過了。」

我說，然後掛了電話，這是我對他最後的殘忍，以及寬容。

接著第二個找上我的人，是母親，原來她在北京。

低頭我望著已經隆起的肚子，我心想這是不是所謂的母女連心？

『妳得承認妳需要別人，就算只是偶爾。』

我想起陳富曾經對我說過的這句話，我想，他說得對。

帶著八個月的身孕，我辦理產假搬去和母親同住，分別了十幾年的母女，終於，再重逢。

望著我的肚子，母親沒問，母親只說：終於，我們又可以是三個人了。

我給了母親一個擁抱，沒有怨也沒有恨，因為我學會寬容。

他教會我寬容，他給了我人生，而我唯一想要的，他給不起。

有的時候，絕大多數的時候，人生真的不是我們處理得來，就算已經是大人了也一樣，就算已經是母親了也一樣。

他曾經這麼說過。

完整的休息一年之後，我沒有銷假回去上班，我離職，帶著我的照片我的形象我的鞋子我的品牌以及找上我的投資者，我決定我的人生我的鞋子從今而後，我自己掌握。

在遞上離職單時，新的公司怨我忘恩負義辜負他們的栽培他們的信任，不知道為什麼，我覺得這些話語好熟悉，而這次，我沒有內疚沒有罪惡感也沒有抱歉的僅是彎腰鞠躬謝謝他們的栽培他們的信任。

這些話語再也動搖不了我，因為，沒有他了。

給不了就轉身，得不到就放手。

留下這句話，我一點心虛也沒有的離開，走向我人生的新高峰。

因為新陳代謝，我想。

第十章

曾經深刻過的戀人
如今什麼模樣？

之一

大佬打電話給我，在決裂了三年不見之後，帶著沙大的死訊，大佬打電話給我；我其實想像過千百種我們重歸舊好的原因，可是我怎麼也沒想過要把死亡列入其中。

『沙大死了。』

這是大佬開頭的第一句話，這是我第一次聽見大佬哭。

在大佬的哭泣裡，我慢慢拼湊出事發當時的原貌。

那天夜裡，他們不知道發什麼神經的，突然激烈的懷念從前，於是一如往常他們帶了一箱的酒，然後開車上三峽大佬的別墅飲酒狂歡，那天的夜景很美，星星很亮，而他們喝得過頭，又吐又笑的，感覺真爽；在天亮的時候醉透了的他們決定飆車下山吃永和豆漿醒酒。

於是他們就飆車下山了。

兩台車，八個人，飆下山，然後……然後一個煞車不及，沙大車毀人亡，一死二傷。

『應該讓他的……浩呆，我應該讓他的！』

在電話的末了，大佬重複著這句話：應該讓他的。

而我只想告訴大佬：我應該在的！

應該在的。

以前他們也老是愛飆車，山路越彎越愛飆，血氣方剛，年少無知，每當那個時候，我總會悶悶的反對，而他們會大肆的嘲笑——浩呆是弟弟，弟弟怕快車，愛快羅密歐，哈哈哈～～——在大肆的嘲笑之後，最後的結果總是他們讓我，因為浩呆是弟弟嘛！

應該在的。

我們共同出席了沙大的告別式，工作室的所有人都出席了。

在沙大的告別式上，完全看不出來大佬前一晚電話裡的悲傷自責，他反而像是沙大家裡的長子那般，全場忙碌奔走，招呼這安排那的，忙得不得了。

——可是大佬可是工作室，只有在那裡的時候，我才真正覺得我有哥哥也有弟弟，還有個我屬於的家，而那個家有我也有你！

——不過只要是約定的話，他就一定會遵守，這就是大佬。

望著那樣忙碌的大佬，我突然替他覺得心疼，長久以來習慣了被我們需要的大佬，總是站在人群中心領導著我們的大佬，真正的感受、內心深處的寂寞，我們有沒有問過？

有沒有問過、其實他也會脆弱也會寂寞？

在告別式結束之後，工作室的我轉移陣地重回當年的〈我和我追逐的夢〉，帶著沙大的照片，放在桌子上，假裝他人就在這裡，這是阿台的想法，當他這麼提議時，我們大家都笑了，笑得眼淚都掉了。

這就是阿台式的幽默，總是這麼不合時宜，不合時宜的，令人既悲傷又快樂。

在笑裡，大佬突然的丟出這句話：

『回來吧，浩呆。』

「……」

『都三年了，也該夠了。』

三年了……

這三年來我過得渾渾噩噩，醒來上班，下班回家，日復一日，年復一年；漫畫家的夢想早就已經放棄，曾經愛過我的詩茵也早已經走出我的世界、繼續她的人生，就唯獨奇奇，我還想念。

三年了，都三年了。

「都三年了，也該夠了。」

我重複大佬的這句話，然後身體像是突然的被拔掉插頭那樣，沒頭沒腦的，我說：

「其實我很討厭沙大。」

我不知道我幹什麼突然說出這麼突兀的話，我只知道這麼多年來那些模模糊糊的、弄也弄不懂的、一直就想講的、卻怎麼也不會講的感覺，在此時的此刻，突然清晰了起來。

其實我很討厭沙大。

而這是這麼多年來，我想講的第一句話。

那時候我說想要考復興美工家裡的人全都反對，因為聽說復興美工是個流氓學校，他們怕我去了會被欺負；他們知道我喜歡畫漫畫，可是他們不知道我喜歡成那樣，喜歡到想要當個漫畫家，我知道我不是很聰明，不會讀書、體育也不夠好，家裡的人只希望我隨便考個什麼工科唸唸、然後畢業當兵回家繼承美術社，可是我喜歡畫漫畫，我想當漫畫家，所以我偷偷跑去考，然後考上了，那是我第一次替自己感到驕傲。

開學的第一天我就遇到你們，你們兩個，在漫畫店前面，我以為你們想欺負我，那時候我很笨，我知道我一直就很笨，當我知道你們是學校裡的風雲人物時，我覺得受寵若驚，我怎麼可能和風雲人物當好朋友？可是就是這麼一回事，你們挑上了我，罩我，讓我在復興的三年很吃得開，很快樂，謝謝你們，我一直沒有當面道謝，因為我覺得我們都這麼熟了還道什麼謝，那很彆扭，可是我後來才知道原來很多話很多事在該說的時候要說，在該做的時候要做，因為人生是會來不及的，就像沙大，其實我一直就很想跟他說：我討厭你。可是來不及了，原來人是會死掉的。

其實我很討厭沙大。

一開始你們邀請我到工作室時，我很喜歡那裡，可是我很討厭那裡有沙大，他看起來就像是愛欺負學弟的那種壞學長，而果真他也就是愛欺負學弟的壞學長，可是沙大沒有欺負我，我本來以為那是因為你們罩我，可是後來我才知道不是，是因為他喜歡我，如果我有個弟弟，我希望他就是你這呆樣，沙大也這樣告訴過我。

可是我很討厭沙大，他一直活在大佬的陰影底下，這就是我最討厭他的地方，看著這樣的沙大，我就會想到我自己，我也一直活在大佬的陰影底下。

其實我很討厭沙大。

連最後一次見面的時候我都還是討厭他，他找我去買女人，但結果自己卻只是站在外面抽菸，我不知道他這是什麼意思，他根本就沒進去！他騙我！他以為我不知道，可是這些年來我其實都知道；我知道他其實明白我早就不想要做浩呆了，他想要幫我改變，用他的方式，他越是這麼做，我就越是討厭他，我討厭到不想跟他說，其實應該生下來的，當年大嫂大了肚子時，應該生下來的，而他不應該就這樣走掉的，我都還沒弄清楚怎麼一回事、他就這樣子死掉了！飆什麼蠢車呢？贏了又怎樣呢？還不是都會死？人是會死掉的，人是會死掉的，會死掉的……

我哽咽，說到了後來我已經不知道自己在說什麼了，我只知道我一直重複著這句話，重複到大佬捏著我的脖子，然後我哭，放聲大哭，把這三年來的不如意，不開心，壓抑、麻痺，全哭進眼淚裡。

哭。

在眼淚裡，我們的友情，從頭來過。

我辭了工作回到工作室接手沙大負責的業務，而阿台帶領設計團隊，至於大佬則依舊是工作室的老大，在每年的逢年過節，工作室的我們會帶著禮盒去到沙大家拜訪他的父母，代替沙大盡一天的兒子義務。

少了一個兒子，卻多了三個兒子。

沙大的爸媽總是會這麼說，盡可能的微笑著說，其實我們都知道，再多的兒子，都抵不過他們一個沙大。

而不同的是，現在的阿台多了個台嫂，沒想到當年沒事就嚷嚷著女人真麻煩的阿台居然是我們兄弟裡第一個結婚的，真無恥。

而至於大佬則不再見他帶女孩子回來了。

『早就過了那個年紀了。』

大佬說，順便連酒也不喝了，而原因，其實我們都心知肚明。

早就過了那個年紀了。

「大佬呀，你現在還想奇奇嗎？」

在已經被改裝成休息室的日式臥房裡，我問他。

『偶爾。』

「嗯。」

『你呢？』

「或許。」

『呵。』

大佬笑，然後點起了一根菸，抽。

在飄起的煙霧裡，我想起三年前奇奇曾經告訴過我的這句話：你本質上是永遠不會變的人。

『其實我後來找過奇奇。』

捻熄了菸，大佬說。

「什麼時候？」

『三年前的樣子，我在雜誌上看到她的訪問，我找出她當時公司的電話，在上海，很大的公司。』

「然後呢？」

『然後我沒打電話。』

「為什麼？」

『可能是害怕吧。』

「原來大佬也會有害怕的時候哦？」

苦笑的，大佬說：

『嗯，很害怕，看著雜誌上的奇奇，我突然覺得很陌生，我心想：這麼成功的女人，真是當年那個和我待在這個工作室的奇奇嗎？』

「嗯。」

『然後我覺得很慶幸。』

「嗯？」

『還好當年我們倔強了。』

「怎麼說？」

『如果不是倔強了，奇奇又怎麼可能知道原來她可以站上更高的地方呢？』

「也對。」

也對。

『但其實我說謊。』

「咦？」

燃起一根菸，大佬笑說：

『其實我一直在說謊，只是你們不知道而已，我不知道是我太會說謊了，還是其實你們就是喜歡我那個樣子。』

「……」

『我沒那麼瀟灑，晚上有時候我會咬著棉被偷哭，我怕黑怕冷怕丟臉，我其實也會有害怕的時候，只是我沒有表現出來而已。』

「呵。」

其實大佬說謊。

三年前大佬在雜誌上看到奇奇的專訪，看到奇奇站上世界的舞台，看到奇奇得到她想要的人生；大佬把那公司記了下來，運用一點人脈要到了奇奇辦公室的電話，而其實他打了那電話，只是在等待電話接通時，大佬左思右想的、就是不知道該說什麼好，而當他終於想到該說什麼時，他掛了電話，然後抽了根菸，對著沉默的電話，說了聲：因為妳是奇奇呀。

『嘿！來打個賭如何？』

「賭什麼？」

『賭誰先找到奇奇呀。』

「你白痴哦。」

『真的啦，好久沒賭了。』

「你白痴。」

『如果真再見到奇奇的話，你會想跟她說什麼？』

「謝謝妳，當年說了再見。」

『什麼意思？』

大佬不會懂的意思。

『呿～～』

真的，謝謝妳，當年，說了再見，讓我得以明白，我不只是在妳的對面。

之二

彷彿是靜止了似的，那天。

當時我成立了自己的設計公司，手裡握有歐美市場一半以上的女鞋訂單，平均七個紐約女子就有一個腳上踩著我設計的鞋子，每個月固定會推掉幾個時尚雜誌的採訪；再也不是當年那個領著寒酸薪水、每天還得工作十四個小時，為了買LV包包、還得餓上三個月肚子的小設計助理了。

贏了，卻不再快樂了。

我的人生一步一步的往我想要的方向走去，直到高峰，我的物質生活一點一滴的達到飽和，甚至奢華，但內心，卻空了。

因為心被關起來太久了。

只有每個月的那七天例外。

每個月裡有七天的時間，母親會帶著我們的兒子飛到香港來看我，我沒給我們的兒子取名字，因為我沿用了他父親的名字，我發現和他在一起的那幾年間，我從來沒有叫過他的名字；母親不太理解為什麼我不回台灣，而我也沒有告訴她原因，因為那是我們的約定，除了我和她之外，我並不奢望任何人理解。

每天我醒在飯店的VIP套房裡，大大的床上自從住進之後就一直只有我自己的體溫，鼻腔裡嗅著純白色床單過度清潔的氣味時，總是會打從心底對自己感到陌生，這個進出有司機接送，生活仰賴飯店管理，工作需要三個助理，被員工敬畏、被客戶需要、被商家尊寵、卻不被自己真心喜歡的、自己。

每每看著身邊這些幾乎日夜相處的工作夥伴們，我總懷疑我們是否真的認識？

她們深知我的生活作息我的工作流程我的客戶名單我喝咖啡一定要先熱杯子甚至是我的起床氣，她們知道每天下午三點整我會抽離工作獨自到公司樓下的Starbucks裡度過三十分鐘的自己的時間，誰也不准打擾、什麼事也不思考，就是安靜的喝杯黑咖啡，並且專心的凝望著我的雙手，在心底默默的問自己：這個人真的是我嗎？這一切都是為了什麼？我的這個人、她們真的認識嗎？我真的快樂嗎？

彷彿是靜止了似的，那天。

那天，跟了我最久的助理破天荒的打了手機給我，在我才走進點好咖啡正準備享受我每天三十分鐘的DND時間。

趕在我發火之前，她快快說道：

『因為有個台灣的朋友，她堅持立刻要見到妳。』

然後助理說了她的名字，在三秒鐘的沉默之後，我要助理請她到這Starbucks見我。

Starbucks——

『別把妳的助理fire掉，是我堅持要見妳的。』

這是她開口的第一句話。

而其實一時間我是認不太出她的，因為她的穿著打扮不再是我記憶中的波西米亞風卻是一身的黑，而最令我認不出她的原因是，我沒看見她眼角的疲憊，因為她戴了個大墨鏡。

「好久不見。」

不太習慣的，我向她打招呼。

『我可以坐下嗎？』

「請坐。」

『以前的公司樓下轉角也有家Starbucks。』

我知道，這正是我選擇這辦公室的原因。

「是剛好來香港？」

『不，是特地來找妳。』把一只純白色信封遞過給我，她說：『我知道妳很忙，所以我不會打擾妳太久的。』

我當時並不明白發生了什麼事情。

他走了。

就是這個月發生的事，肝癌，發生得很快，快到她沒有足夠的時間猶豫該不該找我去見他最後一面。

『我很抱歉，我不知道妳會不會想要見他。』

她是該抱歉，因為我他媽的當然會想要見他！

他媽的怎麼可能不想見他？我每天每天都想見他！每天每天，都想！

他媽的！

『不過他不想要妳看到他最後的樣子，他很瘦，臉色很差，他只寫了這封信要我轉交給妳。』

咬著下唇，我沉默，憤怒的沉默。

『我們沒結婚，如果妳想問的話。』

她說，於是我把視線從她空白的無名指收回。

舉杯，我喝了口咖啡，咖啡已經冷掉，而她還繼續說著：

『因為他太忙了，忙著工作，他只工作，他想要贏過妳，他──』

她哽咽。

望著她擱在桌上的手，我不知道該不該握上。

『我是不是做錯了？該退出的人是不是我？如果當初留下來的人是妳，會不會他就不——』

望著她擱在桌上的手，我握上，就像當年他握住我那樣。

握上。

「對不起。」在心底默唸著寬容，他教給我的寬容，我說：「那些年，對不起。」

『不應該是這樣子的，不應該……』

「我不知道如果當初留下來的人是我，會不會結果就不一樣了？不知道，永遠不知道了，可是如果當初我是妳，我會和妳做同樣的決定，如果我是妳我也不會退出，可是我退出、因為我不是妳。」

她哭泣，泣不成聲。

「我勇敢過了，所以我不後悔，所以請妳，別自責了，好嗎？」

『謝謝妳……謝謝。』重新調整好呼吸，指著信封，她說：『照片，拍得很好，看得出來他們打從心底快樂。』

然後起身，她離開。

她的背影在我視線的比例尺裡縮小，縮小，縮小……

而終究，我還是沒有告訴她關於我們有個小孩的事，我不知道為什麼，我想這是我唯一的自私，不論是對她，或者是他。

深呼吸，我打開這只親手送到我手中的純白色信封，我先看見掉落的照片，那是他二十八歲生日那天，我們在哭泣湖的合照，那天他說好要洗出來給我的照片，可是照片晚了三年才交到我的手上，因為，我走太快了。

我走太快了。

此時二十八歲的我望著照片上二十八歲的他，我試著想要對他說些什麼，可是他靜止了。我不知道該對他說些什麼，因為思念太多了，多得不知該從何說起。

打開對折的純白色信紙，他的親筆字跡一下子躍入我的眼底：

曾經，我有個遺憾
在該說我愛妳的那個當下
我選擇了沉默
而今，就算我有再多的成就，擁有再大的世界
都沒有辦法讓我買回那個錯過的當下

我不後悔，我只遺憾
雖然，妳在誰身邊，都是我心底的缺

在心底我默唸，我試著想像他寫下這些字時的心情、表情，是不是和我一樣？被眼淚模糊的看不見？

其實妳錯了。

其實這才是我方才握著她手時，想要告訴她的話。

他不是想要贏我他只是想要麻痺，他不想要再多的成就、再大的世界，他只想要回到過去，回到那個錯過的當下，妳錯了妳錯了妳錯了妳是最愛他的人，可是妳錯得最深……

不應該隨便替別人決定的，不應該……

妳錯了。

深呼吸，我深呼吸，把信紙對折，連同照片放入純白色信封裡，望著一眼手腕上的錶，三十分鐘的DND時間正好結束。

起身，我準備回到現實的自己時，腳步卻被店裡播放的歌聲所拉扯住，蔡依林當時的新歌〈酸甜〉筆直的穿透我的耳膜，接著在一首歌的觸動裡，我突然感覺到這個我的身體裡有個什麼瓦解了、崩壞了。

多年來的麻木、逃避、假裝……當我望著眼前這張白色信紙時，全都瓦解了、崩壞了。

那一天　扣著指尖　不問什麼　我就相信　我們會永遠
那一年　沒有宣言　但抱著你　我曾擁抱全世界

哭過了笑過了的瞬間　愛只是暫借來的時間
堅持過諒解過卻瓦解　混合著心酸　點點
還有　陽光的溫暖　愛一個人的酸甜……

（作詞：李焯雄　作曲：薛忠銘）

在一首歌的停滯裡，我跟自己承認：是的，我懷念過去。
我於是做了個瘋狂的決定：放空。
或者應該說是：永久的離開。
離開現在，找回過去；儘管，早就回不去了。
我最想要的過去，回不去，已死去。

把工作交代妥當，我隻身回到台灣，為的是，送他最後一程。

——在飛機上是最接近天堂的地方。

——為什麼？

——因為它最高呀，因為最高所以最接近天堂，搞不好望向窗外妳就能看見妳的爸爸哦。

——你相信有天堂？

——沒道理不相信呀，要不人死後往哪去？

——那天堂是什麼樣子？他們在那裡都過著怎麼樣的生活？

——這個嘛……或者以後我上天堂了再告訴妳？

轉身我望著飛機上的玻璃窗，我問他：

「嘿！天堂好嗎？」

他沒有回答我。

「不是說好要告訴我的嗎？天堂是什麼樣子？」

他死了。

永恆的沉默，這死亡。

下飛機，我重新踏在離天堂最遠的地球表面，抬頭，我仰望小港機場的天空。

——原來當年的小奇奇，望著這天空時，是這種感覺呀。

我想起當年我們一同站在這片天空底下時，他曾經說過這句話。

「原來當年的小奇奇，望著這片天空時，是這種感覺呀。」

我在心底默唸，我發現思念就要潰堤。

而如今的奇奇沒有任何的感覺，只除了，無盡的思念。

距離喪禮還有一點時間，我想了想，最後還是決定撥了電話。

通往過去的號碼。

『妳在哪裡？』

而這是他開口的第一句話。

「沒想到你還留著這號碼呀？」

『因為我一直在等妳呀，奇奇。』嘆了口氣，他苦笑：『我等這通電話等好久了，甚至不用沉默，我就可以知道是妳了！這是我唯一比妳厲害的地方。』

「陳富……」

『就是陳富兩個字，奇奇，妳知道我等妳喊我名字等了多久嗎？』他苦笑：『妳遲到了奇奇，我們不是約好三年後見嗎？妳遲到了。』

「這些年發生了很多事哪。」

『我一直在找妳，這些年我還是一直在找妳，常常手機都拿到手邊了，但號碼就是撥不出去，因為我不知道妳後來用什麼號碼，妳好難找呀、奇奇，好難找。最後就只好這麼對著手機上的妳說話，可能就是寂寞吧。』

「陳富──」

『我可不可以不要再寂寞了？』

「我怕你變了。」

我試著想讓聲音聽起來好一點、堅強一點、快樂一點，可是不知怎麼的、好像很難辦到。

『我沒變喏，只是比較懂得怎麼保留自己而已，只是比較知道什麼時候該收、什麼時候該放，這樣而已，所以呢？妳在哪裡？』

「我走太快了。」

沒頭沒腦的，我說，然後眼睛，開始變溼，千言萬語，只剩一句──

我走太快了。

走太快了。

太快了。

太快。

太……

『奇奇？』

「我走太快了。」

『妳在哪裡？』

「我走太快了。」

『奇奇？』

「我走太快了！」

在熙來攘往的機場裡，抱著手機，我哭泣。

The End

國家圖書館出版品預行編目資料

妳在誰身邊，都是我心底的缺 ／ 橘子著. --初版，
臺北市：春天出版國際，2007 [民96]
-- 面；　公分. --（橘子作品集；13）
ISBN 978-986-6899-45-4（平裝）
857.7

橘子作品 13

妳在誰身邊，都是我心底的缺

作　　者◎橘子
企劃主編◎莊宜勳
封面設計◎聶永真
美術設計◎陳偉哲

發 行 人◎蘇彥誠
出 版 者◎春天出版國際文化有限公司
地　　址◎台北市信義路四段458號3樓
電　　話◎02-7718-0898
傳　　真◎02-7718-2388
E-mail◎frank.spring@msa.hinet.net
郵政帳號◎19705538
戶　　名◎春天出版國際文化有限公司
法律顧問◎蕭顯忠律師事務所
出版日期◎二〇〇七年六月初版七刷
　　　　　二〇一三年三月初版一一一刷
定　　價◎199元

總 經 銷◎楨德圖書事業有限公司
地　　址◎新北市新店區復興路45號3樓
電　　話◎02-2219-2839
傳　　真◎02-8667-2510
印 刷 所◎鴻霖印刷傳媒股份有限公司

ISBN 978-986-6899-45-4
Printed in Taiwan

S P R I N G

每一本好書都是一顆種子，
春天播種在你的心田夢土上。

Spring

S P R I N G

每一本好書都是一顆種子，
春天播種在你的心田夢土上。

Spring